見字如晤。

那些古人書信中最美麗的想念與遇見，
帶領我們跨越千年，重拾未曾遺忘的感動

宋怡慧——著

今朝看夙昔

詩人・藝術家／許悔之

讀著宋怡慧《見字如晤》的書稿，那些透過古人書信而觸發的抒情和說理，尤其如嵇康與山巨源絕交書等數篇，令我生起了許多感懷。應該是我已經夠老了，可以回首自己人生發生過的種種，重新梳理出意義——而這種覺受，正是一本好書可以啟發讀者的地方。

那些古代有名的書信，其實是一種深刻的照見，透過怡慧的巧筆析說，隨點隨撥，如此不死於章句，又能另鑄新解新意！精采燦美，讀之，情動於中，智慧炯然。

相信《見字如晤》這本書，可以給不同年紀的讀者，尤其是年輕的讀者，為自己的靈魂，看到有情、有知見的典型不只在夙昔，也在今朝，我們的心底。

古文，從未讓人感覺如此親近！

國立台灣大學電機系教授／葉丙成

近年來，文白之爭成為教育界受到關注的議題。為了國文課本裡文言文跟白話文的比例該不該調整，引起教育界跟文壇非常廣泛的討論。在臉書上，也看到許多年輕族群的朋友對這個議題非常關注。

在當時，大家為了課本該放多少篇古文而在激辯時，我沒提出任何意見。因為我心中一直很困惑：為什麼這麼在乎篇數？如果要讓孩子了解古文的美，難道只能靠政府規定篇數才能實現？一個很想讓孩子感受到古文之美的國文老師，如果沒有靠規定篇數，難道就無法讓孩子接觸到夠多古文？

我當時想的是，如果一個國文老師能透過他的教學設計，讓孩子覺得古文很有趣、很神秘，進而有興趣去探索更多篇古文，在這種情形下，不管政府規定課本放多少篇古文，孩子接觸的篇數都會比規定的多很多。為什麼大家不從教學的面向去思考：怎麼讓孩子覺得古文是很生活化的？是可以親近的？是會讓他們想自己再多加探索的？

我認為老師怎麼讓孩子喜歡接近古文，或許是一個比篇數更重要的問題？

沒想到在一年後，我就看到了怡慧這本好書《見字如晤：那些古人書信中最美麗的想念與遇見，帶領我們跨越千年，重拾未曾遺忘的感動》。這本書真的是太妙了！書中以古代名人之間的古文書信，搭配現代人也會遇到的相同問題：如何談遠距離戀愛？如何做好自我行銷脫魯？讓讀者知道這些古文書信背後的動人故事。同時也透過這些古文書信，讓讀者領悟許多人生智慧。這本書會讓學生、讓文學愛好者，很容易的就手不釋卷地一篇接一篇看下去。你說課本規定要讀多少篇古文？老早就讀超過了！

而且怡慧這本書讓我覺得最印象深刻的是：「有趣」。她的文章跟她的人，總是給人典雅、溫柔婉約的感覺。但這本書讓我大開眼界，完全顛覆我對她的印象。裡面講著古代名人故事時，怡慧的用語常讓我捧腹。比如說在講杜甫對李白的仰慕之情時，怡慧稱杜甫是「李白全球粉絲後援會總會長」。平常也在追星的學生們，看了馬上就能了解他們兩人的關係而露出會心一笑。

又比如在講到西晉的花美男文學家潘安時，怡慧寫道：「潘安年少時曾帶著彈弓到洛陽街上遊玩，遇見他的女子互相拉著手圍繞著他，這個場面並不亞於今日哈韓族在機場迎接歐巴的瘋狂程度。」看了這段，那潘安帥哥引起一種粉絲瘋狂哭喊的畫面感都跑出來了啊，實在太有趣了！

這本書，會讓人覺得古人的故事很有趣，也會讓人覺得古文是很生活化的；我推薦給學生跟文學愛好者。這本書，也可以讓老師看到怡慧老師在教古文這樣的題材，是怎麼轉化、怎麼教的；所以我也推薦給老師們。

怎麼讓孩子喜歡接近古文，或許是一個比篇數更重要的問題！

目次

過盡千帆皆不是
與你談情說愛、穿越時空的古書信

也無風雨也無晴

與書信同感，發現筆墨典藏的力量

自序 雲中誰寄錦書來

過去，喜歡閱讀的我習慣用一本書來與年輕的孩子們對話，甚至替他們迷茫的人生解惑。直到那天，失去家人的朋友在電話的那頭沉默低泣，我彷彿也陷入世界末日的剎那崩潰。

夜晚的靜謐，讓我拿出泛黃的信紙，讓哀傷的感覺沉澱，讓盤旋的想法醞釀成文句，以情蘸墨，好想為他寫封信。寫信的片刻，凌亂的時間突然慢下來了，慢到，我有能力用一封信的時間，走進一個人的生命風景。

歲月無法倒帶，在最寂寞的時候，總希望有個人能聽我們說話，能陪我們經歷悲歡離合的苦澀與甜蜜的純粹。

寫下來吧，讓我們義無反顧地告訴對方：我等過你的信，一如李清照在〈一剪梅〉的心情：雲中誰寄錦書來，雁字回時，月滿西樓。

請記得，曾用文字為你停留一抹浪漫的人；請記得，曾用書信藏住彼此青春的人，無論寒暑遞嬗，你們有過互懂彼此的燦爛時光。

一個貼圖轉發的流光很快，一行文字砌成的溫暖很慢。快與慢之間，憶起從前喜歡寫信的自己，就像木心說的：

從前的日色變得很慢，車、馬、郵件都慢

一生只夠愛一人

從前的鎖也好看

鑰匙精美有樣子

你鎖了 人家就懂了

含蓄地讓筆尖滑過紙張信扉，刷出情也寫出愛，封印了，等待對方回信的癡心，流光發酵出情感的真味，就像白居易〈禁中夜作書與元九〉寫道：心緒萬端書兩紙，欲封重讀意遲遲。

有個讀懂你的伴兒，共享世界觸發的靈犀，彼此在文字深情相約，讓歲月佐書信釀的酒，在未來暢快地乾了它，當我提筆寫下你，一筆一畫，都是愛你的印記，想你的呢喃。
後來，當學生面帶愁容來到我面前時，我想用書信的溫度為他精心勾勒答案的輪廓；當朋友走進死胡同繞不出來時，我想為他提煉書信的智慧，書寫一段生命的狂草；當家人忘記同聚的過往而埋怨時，手寫銘刻當初身為家人的悸動。
這是一本想用古代書信與你靜心分享古人情意；與談心式閒聊古人世界的這些那些，即便現在讀來，依舊是真愛的召喚，真情的邂逅，走在古人書信的世界裡，看見他用親切的「你好嗎？」向我們訴說人間情分只有書信才懂得。
《見字如晤》這本書可分為兩個部分來談，第一章是以「過盡千帆皆不是：與你談情說愛，穿越時空的古書信」為主題，每封書信都是手溫傳情，寫出篇篇癡心絕唱的有情書。
古人怎麼談遠距離戀愛？談的是情人無法相聚，書信走慢時間，讓遠距離書信的戀愛秘訣大公開。
愛情是一場青春的賭注，談的是痴情神女超越身份、地位、年齡，勇敢闖三關，追求真愛不是男人的專利權。

一生只愛一個人：犀利人妻馭夫術，談的是司馬相如鳳求凰不外傳的撩妹術，卓文君情真私奔後，千里之外，詩信大戰挽君心。

斜槓女青年的愛情，談的是甲骨文字鑿刻一位女性的獨立自主的傳奇美，紅顏雖薄命，丈夫寫下尋常生活搏美名。

已讀不回，不是不在乎，談的是李白杜甫知心溫情的文人風景，癡心的杜甫，傾情相挺，全世界只有「他」可以已讀不回，拚存在感。

最高的友情，談的是看懂你的人，可以讓你完贏，可以替你擋風，真正的友情，是要用時間來證明的癡心絕對。

男人的浪漫，談的是唐朝詩人元白一生心繫情牽，詩信傳情，冶煉真心，若是現實見不著，也求夢裡能相見。

魏晉男神與友絕交書，談的是竹林大佬，顏值高的男神不愛洗澡，不做官，絕交寧死，只求一個驚嘆號連連的瀟灑傳奇人生。

第二部分是以「也無風雨也無晴：與書信共感，發現筆墨典藏的力量」為主題，每封書信都是性情書寫，保留書信人情的溫度之作。

李白、杜甫如何自薦脫魯，談的是人生勝利組合的強大行銷術，書信對比，揪出細節中的魔鬼，你也可以寫出完美自薦信。

人生的抉擇注定最終的結局，談的是愛與不愛到底是書信的探問，還是不回頭的修行，價值的選擇是生命最痛的是非題，還是早就注定好的格局。

信件密碼學，談的是猜心術的人生玄機，唯有真心能破解信中的秘密，唯有真誠能讀懂「國王新衣」的信件。

請不要「關」我媽媽，談的是用一封信表達母親只有一個，親情不能斷絕，你要什麼給什麼的孝思，只要還給我一個媽媽，此生無憾。

寫信回家就是要錢？談的是遙想古戰場，命懸一線，以淚書寫，要錢是對家人最急切的思念，要錢是戰場搏命的真本錢。

明朝最火的叛逆一哥，談的是心學大師王陽明如何靠書信打勝仗，人生不要自我設限，傳授每每跳槽都成功的心法。

以愛封印，談的是父愛傳遞價值，儒家父系社會父親以人生歷練和體現，以手溫家書，傳遞家族真感情，如斯動人。

拒絕感情勒索的陪伴教養，談的是古代慈母教養的優雅，透過母愛溫柔的支持，放手才能成長的信箋，訴說衷心陪伴孩子走自己的路。

當我提筆寫下這本以書信為名的簡冊，其實是想獻給每一個喜歡用手溫書寫，走慢時光的你或他，是否也明白：或許，人生裡有些事，就是說也說不得，只能得靠書信去聯繫，是嗎？

過盡千帆皆不是

與你談情說愛、
穿越時空的古書信

古人怎麼談遠距離戀愛？

高三兩小無猜的小情侶，因為考上不同大學，開始對未來相處有了焦慮感，原本朝夕相處的濃情蜜意，開始變質。如何維持遠距離的感情？不讓感情轉淡，挺過時空扞格，真金不怕火煉地修成正果？

有人說：心臟不夠強的人，絕對不要嘗試遠距戀愛。除了彼此見不到面、沒有安全感、常會斷線斷訊、無法預期下次會面時間外，更慘的是，如果對方突然人間蒸發，任你怎麼找也找不到……

偶爾，你看見別人出雙入對，可能會懷疑：我現在是還戀愛ing嗎？

想想古人沒有電話、LINE、Facebook，還能hold住彼此的愛情，使其保鮮，長長久久。他們到底是怎麼做到的？就是靠魚雁往返，它不只克服時空的阻隔，還讓文字持續加溫兩人情感。

親愛的，你怎麼不在我身邊？

秦嘉（生卒不詳），字士會，隴西（今甘肅省東部）人，東漢詩人。妻徐淑。〈通渭縣誌〉記載：「秦嘉和徐淑，少小皆孤苦，但敏而好學，青年時就才華出眾，精善詩文，步躋當代詩壇，被稱作夫妻詩人。」兩人在東漢桓帝時結為夫妻，兩人靈犀相通，互把對方視為生命知己。因此，秦嘉〈述婚詩〉提到：「神啓其吉，果獲令攸。我之愛矣，荷天之休。」意思是：感謝蒼天降福，讓自己喜得賢妻外，自己也希望上天賜福兩人婚姻美滿，看來秦嘉很滿意自己新婚的妻子徐淑。

只是，好景不常，新婚不久後，徐淑因病（據考證就是現代人的流感）先回娘家調養身體。屋漏偏逢連夜雨的是，秦嘉又在桓帝延熹五年奉命立即轉任郡上計簿使，那是向政府報告當地隴西郡戶口、財政、田作、治獄等情形的工作。鶼鰈情深的兩人，竟然必須面臨遠距離戀愛的考驗。臨行前，秦嘉以〈與妻徐淑書〉傳達想見愛妻一面，甚至，大膽邀她同行赴職的心意。

面對秦嘉濃情蜜意的文字攻勢，徐淑以〈答夫秦嘉書〉深情回應：

「自初承問，心願東還，迫疾未宜，抱歉而已。」意思是：自己很感謝先生的詢問，表達內心雖有面晤話別、比翼雙飛的想法，奈何受疾病所迫，不宜啟程，只能哀怨地和老公說抱歉。

徐淑看似婉拒丈夫的邀約，但愛意藏於筆鋒之中，她引用〈詩經〉詩句「誰謂宋遠，企予望之」，表明兩人身雖遠隔，自己已做好等待丈夫衣錦還鄉的決心，身雖不在，心是相繫，她的心會追隨秦嘉跋山涉水，處處牽掛。

徐淑對秦嘉的愛超越獨占的私慾，她知道：男兒志在四方，自己不該成為先生鳶飛戾天的羈絆，願以文傳情，穿越有形的藩籬，以筆墨交會在有情書的扉頁，書寫遠距愛情的故事。

見字如晤

兩地相思，書信立即傳情，讓彼此安心也明晰對方的心意，不至於因音訊杳然而有誤會或是猜忌。秦嘉和徐淑的愛情沒有被遠距等於分手的魔咒打敗，靠的是見字如晤的情意。對方不在身邊的時候，自愛地管好自己，熬過兩地相思的揪心與虐心，讓分離帶來思念和憂傷，不能相隨的無奈與憾恨，在詩文酬唱之餘，能夠有效溝通，遠距愛情溝通不斷線、真心不改變。

孤單時，秦嘉用文字給予徐淑肩膀依靠；寂寞時，徐淑用文字撫慰夫君飄盪的心。兩人文字質樸不加雕飾，成為遠距愛情雋永的千古絕唱。鍾嶸〈詩品〉以「**夫妻事既可傷，文亦悽怨**」來點評，將徐淑的詩評為「中品」。

大家可別小看徐淑蘸著纏綿繾綣筆墨、遞送溫婉情深的書信，能入選〈詩品〉這件事，從現代人的角度來看，它就像入選年度詩人大賞般的榮耀呢！

暖心溝通

你看到心愛的人發出的訊息時，會已讀必回嗎？

你有機會視訊，會靜聽對方訴說久別的心情嗎？

此生相逢相愛，即便分離，也要不忘初心、不負光陰、活出兩人的精彩。

有人說：兩情若是長久時，又豈在朝朝暮暮。所以，距離雖會磨人意志，造成未來的不確定性與內心的忐忑。但是，做好暖心的溝通就能克服橫亙的阻礙。一如秦嘉一寫〈贈婦詩〉，徐淑即便臥病娘家，立馬發出〈答秦嘉詩〉來應答以明志，不讓對方擔憂：

妾身兮不令，嬰疾兮來歸。
沉滯兮家門，歷時兮不差。
曠廢兮侍覲，情敬兮有違。
君今兮奉命，遠適兮京師。
悠悠兮離別，無因兮敘懷。
瞻望兮踴躍，佇立兮徘徊。
思君兮感結，夢想兮容輝。
君發兮引邁，去我兮日乖。
恨無兮羽翼，高飛兮相追。
長吟兮永歎，淚下兮沾衣。

意思是：我身體不好，抱病回歸母家，久病不癒，既荒廢侍候公婆的時間，又有違對你的情意。如今你奉命遠赴京師，雖然知道一別悠悠，不知何時能相見，卻在你臨行前不能和你見面一敘衷曲。我憂慮地佇立又徘徊，遠遠地向你遙望，抑制不住內心的激動；我因思念你肝腸鬱結，只在夢中才能再見你的面容。你即將出發遠行了，離我一日遠過一日。我恨自己身無羽翼，不能高飛追你同行，只能吟咏長嘆，獨自哭泣流淚而已。

徐淑前半十句化情於事，對於自己無法與君話別，用「不令」、「嬰疾」、「沉滯」、「不差」表達自己無奈苦悶；用「曠廢」、「情敬」傳遞內心無限的歉意。

身為女性含蓄的教養，讓她即便柔情款款，卻強忍不露，含蓄敘事，內心蘊藏複雜的情愫，字字細讀，情意誠摯動人。

後半部十句直白抒情，想敘別又事出無因，難免會突生揣想、猜忌，徒增內在的焦躁不安。因此，徐淑用詩句道盡情急焦躁的內心，自己不能送別，只能傻傻佇立，來往徘徊的行為，把思君情切、情深，溢於言表。尤以「長吟兮永歎，淚下兮沾衣」「長」與「永」同義反覆，點出自己壓抑深沉、含蓄相思的情緒，終在夢醒時分，潰堤的淚水沾滿衣襟。

秦嘉三首〈贈婦詩〉思念情深，徐淑以〈答秦嘉詩〉暖心溝通，不只像IG打卡，互刷存在感，也展現手溫傳愛的書寫魅力。

愛的叮嚀

面對遠距戀愛，兩人把它看成愛的考驗，不僅沒有怨懟過彼此遠距分開的無奈，終其一生，兩人堅信經歷分離的情感，風雨生信心，感情不只深厚，還多了許多以愛封印，可以紀念的信箋。例如，徐淑透過〈答夫秦嘉書〉對居官的丈夫，提出真心地叮嚀：

知屈珪璋，應奉歲使，策名王府，覲國之光，雖失高素皓然之業，亦是仲尼執鞭之操也。

意思是：我知道這次委屈你美好的才華，因為你將奉命上朝廷述職，你的名字已被書列在今年王府出差的名冊上，能夠見識到京城洛陽的繁華。雖然是失去高潔光明的志業，但如孔子所說的，假若富貴能靠求取而得，就算擔任守門卒這種微職他也願意。

025　過盡千帆皆不是

她以從容舒緩之筆，安慰秦嘉至京任職，即便官位卑微，看似難以實現鴻鵠之志，卻以孔子典故鼓舞丈夫：莫忘初衷，選擇合乎正道的官職，未來仍大有可為。有時候，空轉是生命的盤整，提醒秦嘉沉潛學習的歷程很重要，很可貴，千萬要做好、做滿。

漢代社會雖是男尊女卑，徐淑思想貞節高雅，不卑不亢，不只沒有抱怨獨居抱病的無奈，反要丈夫記住自己身為讀書人，應有壯志凌雲的志向。文末，甚至為秦嘉適當為自己設立自處的原則，不可忘記端莊厚重的品性，更要力戒奢侈浮華：

今適樂土，優游京邑，觀王都之壯麗，察天下之珍妙，得無目玩意移，往而不能出耶？

意思是：現在你就將前往美好的地方，悠閒逸遊於京城，欣賞王都的雄壯富麗，觀玩天下珍奇美妙的事物，但是否會因為眼見玩物受吸引而改變心意，深陷於繁華俗世被迷惑至不能自拔呢？

徐淑要秦嘉堅守自己的節操，即便前往洛陽王都的富麗堂皇，也不可被眩目迷惑，觀玩天下珍美的事物，即便眼花撩亂，也不能玩物喪志、逸遊無法自拔，讓遠赴千里的秦嘉彷彿被打了一支強心針，他知道：為兩人理想打拚，走在正直善良的路上，這個選擇絕對值得！

貼心贈禮

秦嘉身在遠方，不只很會選禮物為愛眉批，還善用書信告訴對方，如何睹物思人？讓禮物更添浪漫情思。從〈秦嘉重報妻書〉可見秦嘉的細膩貼心：

閒得此鏡，既明且好，形觀文彩，世所希有，意甚愛之，故以相與。

意思是：我覓得這面鏡子，鏡面明亮質地好，款式紋飾特別，是世間少見的美物，我非常喜愛，所以要送給心愛的你。

西漢以來，鏡寄相思，情人間常以鏡傳情。因此，秦嘉送給徐淑世間少見的鏡子，表達最獨特的，只有徐淑能專屬。接著，彷彿一日一物持續加碼送出「并寶釵一雙，好香四種，素琴一張……」，意思是，連同一對寶釵、四種芳香、一張素琴，一併贈送。

秦嘉每件禮物都暗藏心思，似有密碼：素琴是自己常攜身彈奏的，以琴贈人，更添繾綣情思；寶釵不只讓徐淑更添美貌，也隱含「士為知己者死，女為悅己者容」的涵意。而香料除了可薰香避邪外，還能寄託自己的思念與關懷。

現代男生可要向秦嘉學習送禮傳情的巧思，情人節不要再傻傻地送玫瑰花了，送出量身訂作，獨一無二的愛情信物，才能展現愛的創意。

秦嘉靠著暖男形象成功打開徐淑含蓄善感的心扉。因此，徐淑在〈又報嘉書〉終於敞開心扉告訴秦嘉自己的想法：

> 既惠音令，兼賜諸物，厚顧慇懃，出於非望。

意思是：自己感受到秦嘉對她情意周到，送給她的禮物，不只深情眷顧，也用心良苦，如此「走心」的行為，帶給自己出乎意料的驚喜，也讓她感動莫名。

甚至，有感而發地向他誓言似地表明妾心一生相隨的忠貞：

> 素琴之作，當須君歸；明鏡之鑒，當待君還。未奉光儀，則寶釵不列也；未侍帷帳，則芳香不發也。

意思是：彈奏素琴，還是等君回家；攬鏡照身，也是要等君歸來。如果不是為了事奉秦嘉而妝扮，那麼寶釵不會拿出來；如果不是為了侍候秦嘉在帷帳內，那香料不會打開來。

秦嘉送禮送到心坎裡，不只讓徐淑睹物思人，一生守住「生死契闊，與子成說。執子之手，與子偕老」的誓約。後秦嘉病死於津鄉亭，徐淑被逼改嫁，哀痛的徐淑不只不願改嫁，還自毀形容，哀慟傷生，直至死去。

真心守候，破解遠距等於分手的迷思

史書中找不到秦嘉與徐淑的傳記，兩人卻因為遠距離戀愛，留下以愛為名，詩文贈答的書信，不只是姓名被後人記住，相愛的印記伴隨文字傳唱，影響我們對於遠距離愛情的想像與思考。

秦嘉與徐淑靠著回想過往生活的甜蜜與誓言，淡化分離的憂傷；甚至努力計劃未來的願景，給對方承諾，用心贈禮，用物留情，加深彼此對愛的信念。他們透過書信讓彼此相信：每一條走過的路，都不會白費，每一次說過的誓言，都不會空等，他們用書信告訴我們，文字可以為遠距醞釀更美好的未來。

詩文欣賞

〈與妻徐淑書〉秦嘉

不能養志，當給郡使，隨俗順時，僶俛（ㄇㄧㄣˇ ㄇㄧㄢˇ，勤勉）當去，知所苦故爾。未有瘳（ㄔㄡ，損失）損，想念悒悒（ㄧˋ ㄧˋ，憂悶不樂的樣子），勞心無已。當涉遠路，趨走風塵，非志所慕，慘慘（憂愁貌）少樂。又計往還，將彌時節，念發同怨，意有遲遲。欲暫相見，有所屬託，今遣車往，想必自力。

〈答夫秦嘉書〉徐淑

知屈珪璋，應奉歲使，策名王府，觀國之光。雖失高素皓然之業，亦是仲尼執鞭之操也。

自初承問，心願東還，迫疾未宜，抱歎而已！日月已盡，行有伴例，想嚴莊已辦，發邁在近，誰謂宋遠？企予望之，室邇人遐，我勞如何！深谷逶迤，而君是涉。高山巖巖，而君是越，斯亦難矣。長路悠悠，而君是踐，冰霜慘烈，而君是履。身非形影，何得動而輒俱？體非比目，何得同而不離？於是詠萱草之喻，以消兩家之思，割今者之恨，以待將來之歡。

今適樂土，優遊京邑，觀王都之壯麗，察天下之珍妙，得無目玩意移，往而不能出耶？

〈重報妻書〉秦嘉

車還空反，甚失所望，兼敘遠別，悵悵之情，顧有悵然。間得此鏡，既明且好，形觀文彩，世所希有，意甚愛之，故以相與。並寶釵一雙，好香四種，素琴一張，常所自彈也。明鏡可以鑑形，寶釵可以耀首，芳香可以馥身，素琴可以娛耳。

〈又報嘉書〉徐淑

既惠音令，兼賜諸物，厚顧慇懃，出於非望。鏡有文彩之麗，釵有殊異之觀，芳香既珍，素琴益好，惠異物於鄙陋，割所珍以相賜，非豐恩之厚，孰肯若斯。覽鏡執釵，情想髣髴，操琴詠詩，思心成結。

敕以芳香馥身，喻以明鏡鑒形，此言過矣，未獲我心也。昔詩人有飛蓬之感，班婕妤有誰榮之歎，素琴之作，當須君歸，明鏡之鑑，當待君還，未奉光儀，則寶釵不設也，未侍帷帳，則芳香不發也。

今奉旄牛尾拂一枚，可以拂塵垢，越布手巾二枚，嚴器中物幾具，金錯盌一枚，可以盛書水，琉璃盌一枚，可以服藥酒。

愛情是一場青春的賭注

韓劇《鬼怪》當紅時期，孔劉的帥氣、少女愛大叔的組合，突然變成年輕學子憧憬的愛情，有位學生曾問我：「老師，如果是妳，會不會愛上比妳大很多歲的大叔？」

我沒有回答學生男大女小「老少戀」的問題，畢竟，清官難斷家務事。但在世俗的眼光中，不管男大女小，或是女大男小，只要年齡超過一輪十二歲，總會招致批評，這種戀情像是踩在「道德界線」的禁忌。

我們都知道，偶像劇是假的，沒有人能像孔劉又帥氣又有特異功能，暖心又純情……回溯歷史長河，有個人既是魅力大叔，還能讓年紀小的才藝美少女因他的才氣而一生相隨，那就是陳寅恪筆下〈柳如是別傳〉中的錢謙益。年輕貌美的河東君柳如是，身為秦淮八豔之首，有過幾段愛得轟轟烈烈卻無疾而終的感情。最後，她情傾「詩壇盟主」錢謙益，錢謙益算是個溫暖雅痞大叔，但他的年紀大了柳如是三十六歲，都能當她的爸爸了。

有人說：錢謙益被年輕的柳如是給迷惑了；有人說：年輕女孩如果不是為錢、為名，絕對不會和錢謙益走在一起的。這段被看衰的老少戀，後來的結局又是如何呢？

當文藝大叔遇見美少女

錢謙益（一五八二—一六六四）字受之，號牧齋，江蘇常熟人。明萬曆三十八年（一六一〇）進士，作為東林黨首領、詩壇領袖，深具影響力。

柳如是（一六一八年—一六六四年），本名楊愛，後改名柳隱，字如是，時人稱她「河東君」、「蘼蕪君」，浙江嘉興人。柳如是的由來是因為她讀到辛棄疾的〈賀新郎〉：「**我見青山多嫵媚，料青山見我應如是**」，不只愛極了，還自號「如是」。

柳如是出身不好，年紀很小就被父母賣給人口販子，流落吳江地區成為青樓女子。但是，天生美豔、琴棋書畫樣樣精通、才氣過人的她，不只容貌為「秦淮八豔」之首，尺牘「豔過六朝，情深班蔡」，畫作「嫻熟簡約，清麗有致」，書法「鐵腕懷銀鉤，曾將妙蹤收」。她還常身穿男裝，在松江和文人雅士縱談時勢、酣觴賦詩，關心國家大事，養成有所為、有所不為的儒人情懷。

柳如是內外兼美，讓許多文人才子傾慕於她，紛紛向她求娶。柳如是曾信過愛情、說過非卿不嫁的誓言。但是當誓言變謊言，被幾段感情灼傷後，她對愛情有更高的防衛底線，甚至公開宣稱：自己非才學如錢牧齋者不嫁。錢牧齋聽到柳如是的恭維，也高調地回應說：「天下有如此愛才之女子，我也非作詩如柳如是者不娶。」

時人以為這是句玩笑話，沒想到柳如是當真了，還勇敢出擊。

以詩信求愛

崇禎十三年（一六四〇）十一月，柳如是女扮男裝，乘一葉扁舟，前往常熟。接著，把小船停在桃花澗下，坐上一座青布便轎，直奔城東錢謙益家宅——半野堂。柳如是派人把自己寫好的詩信送到錢府。錢謙益看後恍然大悟，急忙叫來門人劉富詢問：「昨日來客是男是女？」

劉富回答：「是一方巾儒服的男士。」

錢謙益心裡猜到可能是柳如是，立即乘轎趕到河埠頭，遇上以詩信表白情意、大膽求愛的柳如是。

柳如是的七律寫了什麼，讓錢謙益感受到字裡行間的濃郁情分呢？

〈庚辰仲冬，訪牧齋於半野堂，奉贈長句〉：

聲名眞似漢扶風，妙理玄規更不同。一室茶香開淡黯，千行墨妙破溟濛。竺西瓶拂因緣在，江左風流物論雄。今日沾沾誠御李，東山蔥嶺莫辭從。

意思是：你在文壇的聲名像漢朝的馬融，但在洞達禪理上更勝馬融一籌。你的生活高雅，滿室茶香；詩文精美，勝過迷濛小雨的勝景。你通曉內典又具有佛家宿因；你的風韻才情像是謝安堪為東南人物之首；你的造詣經歷可比擬為荀爽謁見李膺，而我願意如捧瓶持拂、供奉菩薩的侍女，與詩人相伴一生。

錢謙益看著眼前的美人柳如是，彷若自己心儀已久的知音，她不只風采過

037　過盡千帆皆不是

人，七律的詩句，讓錢謙益覺得字字珠璣，熨帖心扉。相見恨晚的兩人，以文會友，揭開相愛的序幕。

錢謙益立馬提筆酬唱一首詩信〈柳如是過訪半野堂，枉詩見贈。語特莊雅，輒次來韻奉答〉回應妹子：

文君放誕想流風，臉際眉間訝許同。枉自夢刀思燕婉，還將摶士問鴻蒙。沾花丈室何曾染，折柳章台也自雄。但似王昌消息好，履箱擎了便相從。

這首詩信主要讚美：柳如是的外表與才氣俱佳，是名不虛傳的美人，為愛私奔的作風猶如漢代卓文君、唐代的薛濤，借用章台柳的典故告訴柳如是，自己對她坎坷身世的理解，更憐愛她出淤泥而不染，請她毋須自棄。末句說出「履箱擎了便相從」，回應柳如是表明「你情我也願」的心跡。

用一生回報愛情

從兩首書信的往返，窺見錢、柳一見如故，相互傾慕的信約。大叔甚至為呼應柳如是之名，曾在初見時，急令家人另築「我聞室」。「如是我聞」本指諸沙門共同聆聽釋迦牟尼佛開示之意，錢謙益為了河東君贈室定情。柳如是飄泊不定的心，在遇見錢謙益後，有了停泊的港口。年近花甲、社會名望高的錢謙益，雖然大了柳如是三十六歲，但是懂她、疼她、愛她，兩人決定在松江舟中成婚，舉辦一場明代的世紀婚禮。

明末社會的風俗民情和道德標準，准許士大夫涉足青樓楚館、風流納妾，但要以大禮婚娶青樓女子，可是會被視為傷風敗俗、悖禮亂倫的行徑。

錢謙益愛柳心切，展現了為愛而娶的氣魄，不顧世俗眼光的偏見和禮法的侷限，堅持用正妻大禮聘娶柳如是。這件離經叛道的事，果真引起軒然大波，被一群儒士爭相撻伐。

錢謙益迎娶柳如是的過程曲折辛苦，讓高高在上的他備受內外的屈辱和煎熬。不過，這位大叔挺住了，守諾地娶她為妻。這不只讓柳如是心動，也讓她感動，錢謙益成了柳如是一生崇拜的英雄。

婚後，大叔帶著柳如是兩人以詩酒作伴、行旅各地，徜徉於湖光山水，遍覽經文詩書，夫妻唱和，頗為自得。柳如是感其深情，知道錢謙益不露痕跡地協助她、拉拔她，甚至，運用自己寬廣的人脈，幫助柳如是進行身分的漂白與地位的翻轉。這段愛情在柳如是的生命中著了根，柳如是知道錢謙益對她有求必應，自己也要傾盡一生的情分陪伴他，榮辱與共。

化小愛為大愛

公元一六四四年（甲申年），錢氏夫婦悠閒風雅的隱居生活，被烽煙炮火硬生生地打斷了，兩人捲入一個巨大的政治風暴，也讓彼此原本穩定的情感產生了巨變。

崇禎帝自縊不久後，清軍占領北京，南京成了弘光小朝廷，錢謙益眾望所歸擔任南明的禮部尚書。弘光二年（一六四五年）五月，清軍打到南京，弘光帝朱由崧逃出南京，二、三十萬南明守軍潰不成軍，紛紛叛逃，此事史稱「乙酉之變」。柳如是見狀，力勸錢謙益與其一起投水殉國，保全碩儒清高的名節，錢謙益沉思無語，故作姿態，以手試水溫後說：「水太冷，不能下。」

柳如是大怒，「奮身欲沉池水中」，錢謙益硬是救起來想殉國的柳如是。

最後，錢謙益不顧柳如是的力勸，為了功名利祿，靦顏迎降，一世英明毀於一旦。柳如是傷心欲絕，一向有名望、才學、勢力，儘管遭遇仕途不順，卻還能自愛自持的他，為什麼會為了利益傷害仁義？

年輕時的柳如是對錢謙益的愛是義無反顧，成婚後對他的愛轉為理智相敬，在錢謙益降清之後，她多次疾言厲色、以死相逼。甚至，在錢謙益離家為官時，多次以家書要求投清的他能及時回頭，早日辭官返家。這樣的召喚，讓錢謙益回頭了，也為自己的儒人身分留下來日能被平反的機會，柳如是的愛情觀，已從小情小愛變成一種愛家愛國的博愛。

公元一六四七年，錢謙益因黃毓祺反清案被捕入獄，家中妻妾、親近仕紳，無人聞問。柳如是急得四處奔走，用盡各種方法才救出錢謙益。接著，積極鼓勵錢謙益與抵抗清軍的鄭成功、張煌言、瞿式耜、魏耕等密切聯繫，全力資助他們，與抗清義軍連成一線。原本，錢謙益降清應為後世所詬病，但柳如是努力彌補錢謙益降清的行為，做些義行贖罪，沖淡人們對錢謙益的反感。因此，陳寅恪高度評價柳如是有「民族獨立之精神」，為其作傳，甚至「感泣不能自己」。

在錢謙益人生的重要時期，柳如是展現的不只是自己重情重義的堅毅女子形象，更是一個明辨是非、忠心護家、忠貞愛國的知識分子形象。柳如是不再是個需要被男人呵護的小女人，而是個成熟的大人。

年輕時，備受命運折磨的柳如是，作夢也沒有想過，有一天會成為一個幸福的女人。遇見錢謙益，她找到愛情中的平衡，享受明亮又圓潤的愛，不用對別人察言觀色地討好，只要專心做自己就好。在錢謙益落難、無人聞問時，她也不離不棄。讓我們相信，這世界真的會有一個人，不管你好或壞，都會堅守留在身邊的承諾。

這段發生在明朝的大叔與少女的戀情演繹的不是激情，而是吵不散、分不開、捨不得的真情，更是歷盡滄桑還能雲淡風輕、攜手一生的信約。

詩文欣賞

〈庚辰仲冬，訪牧齋於半野堂，奉贈長句〉柳如是

聲名真似漢扶風，妙理玄規更不同。
一室茶香開淡黯，千行墨妙破溟濛。
竺西瓶拂因緣在，江左風流物論雄。
今日沾沾誠御李，東山蔥嶺莫辭從。

〈柳如是過訪半野堂，枉詩見贈。語特莊雅，輒次來韻奉答〉錢謙益

文君放誕想流風，臉際眉間訝許同。
枉自夢刀思燕婉，還將摶土問鴻蒙。
沾花丈室何曾染，折柳章台也自雄。
但似王昌消息好，履箱擎了便相從。

一生只愛一個人：犀利人妻馭夫術

「問世間情為何物，直教人生死相許？」自古以來，愛情就是個難解的議題：硝煙瀰漫的戰場，拿破崙每天都要抽空給約瑟芬寫一封信，訴說離別的愁緒；仕途曲折的司馬相如在功成名就後，卻想用一方信箋揮別與卓文君的往日情。

拜倫說：「愛情對男人而言，只是生活的一部份。但對女人而言，卻是一生的全部。」漢代才女卓文君的癡心等待結果換來一張好人卡，不過她發揮自己的才情，透過一首詩，強過千言萬語的苦勸，成功挽回司馬相如的心。

當白富美遇上高貧帥

愛情以一種極大的希望和期待，對有情人提出召喚，司馬相如與卓文君的相遇是天雷勾動地火的命中注定？還是司馬相如早已預謀的算計？

我們先來看看兩人天差地遠的背景：

卓文君（公元前一七五年—公元前一二一年），西漢蜀郡臨邛人，為冶鐵巨商卓王孫的女兒，典籍論及卓文君：「臨邛卓氏有女，名文君，眉色遠望如山，臉際常若芙蓉，皮膚柔滑如脂，才學絕倫……」，意思是她容顏美麗，舉止端莊，態度優雅，善於彈琴，精通音律，文采非凡，堪為中國四大才女之一。這樣的窈窕淑女，當然是君子好逑，十七歲就許配給宮中皇孫，看似一段門當戶對的好姻緣，未料成婚前，丈夫竟匆匆辭世，文君只能新寡在家，等待時間撫平內心的創傷。

司馬相如（約前一七九年—前一一七年），西漢蜀郡成都人，字長卿。公元前一五八年，二十一歲的司馬相如擔任漢景帝「武騎常侍」的警衛。這樣無法被看見的芝麻官，加上漢景帝不愛好辭賦，讓年輕又意志高昂的司馬相如，猶如英雄無用武之地，內心相當苦悶。此時，他與梁孝王一見如故，文采斐然的司馬相如向漢景帝寫了封辭職信，意思是自己想跟著梁孝王離開京城，四處逛逛學習。梁孝王讓有口吃的他與那些善於辭令的游士一同居住，互相切磋學習。司馬相如也寫下聞名天下的〈子虛賦〉，不料正要逆境突圍時，梁孝王去世了，他只能返回家道中落的成都老家。

人生的機緣總是難以預測，據〈史記．司馬相如列傳〉記載：臨邛縣縣令王吉與司馬相如一向交好，他勸說司馬相如可來臨邛碰運氣。典籍說：王縣令「繆為恭敬，日往朝相如」，王吉趁著每日一會司馬相如的行銷手法，拉抬他的身價與名望。

司馬相如的琴挑撩妹術

臨邛多的是富豪士紳，卓文君的父親卓王孫稱得上是當地的首富，卓王孫與縣令王吉也是故交。那天，卓王孫在家宴請王吉，司馬相如自然也在邀請之列。席間，酒酣耳熱之際，不免要作賦奏樂。司馬相如應現場觀眾要求，拿起古琴，彈奏起〈鳳求凰〉。

〈鳳求凰〉一曲情感熱烈奔放、文字深摯纏綿，琴韻旖旎綿邈，讓平日喜愛詩詞歌賦，正躲在簾後的卓文君聽出曲中真意，從門縫探頭偷覷著司馬相如。

卓文君立刻被司馬相如的氣質、風采、才情所深深吸引，產生了敬慕之情。司馬相如的撩妹手段高超，不只讓卓文君芳心暗許，宴會完畢，還重金加碼請託文君的侍女，代他轉達傾慕之情。心有靈犀的兩人一見鍾情、再見就讓卓王孫痛失愛女，曲終人未散，反而一拍即合地趁夜私奔到成都。

〈鳳求凰〉葫蘆裡到底賣什麼藥？

〈鳳求凰〉為通體比興，傳達直率大膽的求偶，兩人非凡理想、知音靈犀等豐富的意蘊，旨趣高尚，動人心弦，座上賓雖不解其意，卻紛紛點頭，瘋狂按讚：

有一美人兮，見之不忘。
一日不見兮，思之如狂。
鳳飛翱翔兮，四海求凰。

無奈佳人兮，不在東牆。
將琴代語兮，聊寫衷腸。
何時見許兮，慰我彷徨。
願言配德兮，攜手相將。
不得於飛兮，使我淪亡。

意思是：美麗的女子啊，我見了妳的容貌就難以忘懷。一日不見妳，心中就牽掛得像要發狂。我是在空中迴旋高飛的鳳鳥，飛往天下各方尋覓我的凰鳥。可惜美人啊，不在鄰近東牆。我想以琴聲替代心中情話，暫且敘寫內心的情意。希望我的德行可以與妳相配，與妳攜手同行。何時妳能允諾我的婚事，慰藉我往返徘徊的不安？不知如何是好的心情，無法與妳比翼雙飛、百年好合嗎？上心下心傷情的結果，讓我深陷於情愁而快要喪亡。

據〈史記．司馬相如列傳〉記載：「是時卓王孫有女文君新寡，好音，故相如繆與令相重，而以琴心挑之。」卓文君喜歡音樂，所以司馬相如才會與縣令假裝互相敬重，然後用琴聲挑逗卓文君，這也是日後司馬相如琴挑卓文君典故的由來。

才貌雙全勇的卓文君，不顧兩人身分懸殊，勇於追求自己的愛情，這種瘋狂愛（Mania）譯成中文叫作「彷彿被雷擊中的愛情」。卓文君為了司馬相如忘記女性的矜持，忘記身分的侷限，只求在最燦美的年華，與怦然心動的他私奔。這首〈鳳求凰〉看來不只是司馬相如的求愛寶典，也是瘋狂愛的現世錄。

逆襲的酒館人生

卓文君和司馬相如回到家徒四壁、空無一物的成都老家，身無分文，撐不過數月，就回臨邛求生。生性愛面子的兩人，不願向人借錢，賣掉所有車馬，買間小酒家，以賣酒維生。卓文君是不慕虛榮的女子，挺起腰桿為夫當壚賣酒，掌管店務；司馬相如繫著圍裙充當夥計，做洗滌杯盤、瓦器的打雜工作，樂在其中。

貧賤夫妻並無百事哀，才子佳人開的酒店開始遠近馳名、門庭若市，反添觀光效益。卓父聽聞這些小道消息，終究心疼愛女兒，幾經思量，氣消後，給了他們奴僕百人、銅錢百萬，奉上出嫁的衣被財物，讓這對夫妻回到成都購買田宅。今日邛崍縣城，猶存「文君井」、「琴台」等古蹟，見證了兩人真摯的愛情，就像杜甫〈琴台〉：「酒肆人間世，琴台日暮雲。」彷彿蘊含司馬相如的人生因為酒館經歷而成功逆襲，有種魯蛇因愛翻身的浪漫情韻。

當愛已成往事，真心換絕情

愛情是轟轟烈烈的傳說，生活卻是柴米油鹽醬醋茶，婚姻和愛情都有保鮮期。武帝即位後讀了〈子虛賦〉深感讚賞，司馬相如因此得以被召見。大才子倚馬可待的功夫完成歌頌漢武帝文治武功的〈上林賦〉，再進獻給武帝，內容談天子游獵，不僅與〈子虛賦〉相銜接，文字辭藻更為華美壯麗。

司馬相如深受賞識與重用，官職越做越大，拜為中郎將，奉使西南，對西漢與西南少數民族的溝通關係有積極意義，相關事蹟也寫在〈喻巴蜀檄〉、〈難蜀父老〉等文。

司馬相如飛黃騰達後，沉迷逸樂，不只忘記卓文君千里之外的癡心等待，還因迷戀茂陵女子的風采，開始疏遠冷淡她。曾經患難與共、情深意篤的日子，這個男人都拋在一邊了，兩人不顧一切爭來的婚姻，最後還是面臨重重的考驗。喜新厭舊是人的天性，司馬相如興起休妻納妾念頭後，寫下這封信：

一二三四五六七八九十百千萬。

信上僅僅十三字，左看右看，獨獨少了一個「億」字。

聰慧的卓文君體會到丈夫信中涵義，「無億」表示丈夫對自己已經「無意」。婚姻不是努力就有收穫，委屈求全也不能保證一生的幸福。手捧真心，最後換來一張休妻卡？

愛情原來不是一見鍾情這麼簡單，它是需要花一輩子去證明的習題；犧牲不會是婚姻的唯一保證，一段美好的愛情有了好的開始，不代表就有好的結束。

用詩捍衛自己的愛情

《西京雜記》記載：「司馬相如將聘茂陵人女為妾，卓文君作〈白頭吟〉以自絕，相如乃止」。面對司馬相如移情別戀的無情，卓文君選擇以詩回應丈夫的負心，表面上答應他的要求，實際是以進為退，一如捍衛婚姻的最後通牒：

皚如山上雪，皎若雲間月。聞君有兩意，故來相決絕。
今日斗酒會，明旦溝水頭。躞蹀御溝上，溝水東西流。
淒淒復淒淒，嫁娶不須啼。願得一人心，白首不相離。
竹竿何嫋嫋，魚尾何簁簁。男兒重意氣，何用錢刀爲。

這首詩的意思是：愛情應該純潔光明，像山上的冰雪和雲間的明月。
如今聽說你有貳心，所以特來與你訣別。
今天置酒作最後的聚會，明早分離於渠水的兩頭。
分別後，夫妻情分就像徘徊在渠溝旁，望著溝水東流，一去不返。
悲淒呀悲淒，婚嫁其實不需傷心哭啼，
只要嫁得可以一心一意對待妳的人，就能白頭到老永不分離。
與妳情投意合的時候，如釣竿與魚兒，情喜意歡於水間。
男子應以情義為重，何必那麼看重金錢在生活的分量呢？
願得知心人，白頭不相離，堪稱愛情詩的金句，在在擊中司馬相如的心，句句入魂。

卓文君明白司馬相如不是個寡情薄義之人，再下猛藥寫數字詩，後人稱〈怨郎詩〉，悽怨地述說內心痛苦：

一別之後，兩地相思（懸），只說三、四月，誰知五、六年，七弦琴無心彈，八行書（字）無可傳，九連環從中折斷，十里長亭望眼欲穿，百相思（思量）、千繫念，萬般無奈把郎（君）怨。萬語千言道不完（盡），百無聊賴十憑（倚）欄。

（九）重九登高看孤雁，八月仲秋月圓人不圓。

七月半，秉燭燒香問蒼天，六月伏天人人搖扇我心寒。

五月石榴如（似）火（紅），偏遇陣陣冷雨澆花端。

四月枇杷未黃，我欲對鏡心意亂。

忽匆匆，三月桃花隨水轉，飄零零，二月風箏線兒斷。

噫，郎呀郎，巴不得下一世，你爲女來我做男。

夫妻長年分別，兩地思念，原以為是三四月的分別，怎知道是五六年的離別。自己無心彈琴自娛，也沒辦法收到任何音訊，想要解開九連環，卻因心裏煩躁而拆不開。每天在十里長亭等待而等不到人，對你千思萬想，卻百般無奈，而對你心生怨懟。很多話多說無益，只能倚著欄杆等你回來。

重九登高單身賞雁；中秋月圓無人團聚；七月中元拿燭燒香，無語問蒼天；六月伏天溽熱，搖扇也寒心；五月石榴花綻，偏遇冷雨打散；四月枇杷沒有黃熟，我卻對著鏡子心煩意亂；三月桃花隨水飄零；二月天來，不免對如斷線風箏的感情而煩亂。希望下輩子，角色交換，你變女人，我變成男人，讓你理解身為女人等待的苦楚。

經營婚姻需要智慧

面對背叛，即便心如刀割，悲憤莫名，卓文君還是給雙方留下餘地。她寫信的目的不是要分手，而是要郎君回心轉意，挽救逝去的愛情。

一代才女面對變色的愛情，依然勇敢執著，連用兩首詩救回往日情，終讓司馬相如以駟馬高車親接文君同住長安，共度餘生。

有人說：愛情是心與心的撞擊，一旦愛上了，誰也不能預料結局。卓文君的愛並不是占有，而是忍讓與付出。她善用智慧馭夫，在中國愛情史上，譜寫了執子之手、與子偕老的佳話，實現一生只愛一個人的理想！

詩文欣賞

〈鳳求凰〉司馬相如

有一美人兮，見之不忘。
一日不見兮，思之如狂。
鳳飛翱翔兮，四海求凰。
無奈佳人兮，不在東牆。
將琴代語兮，聊寫衷腸。
何日見許兮，慰我彷徨。
願言配德兮，攜手相將。
不得於飛兮，使我淪亡。
鳳兮鳳兮歸故鄉，遨遊四海求其凰。
時未遇兮無所將，何悟今兮升斯堂！

有豔淑女在閨房，室邇人遐毒我腸。
何緣交頸為鴛鴦，胡頡頏兮共翱翔！
凰兮凰兮從我棲，得託孳尾永為妃。
交情通意心和諧，中夜相從知者誰？
雙翼俱起翻高飛，無感我思使餘悲。

〈怨郎詩〉　卓文君

一別之後，兩地相思（懸），只說三、四月，誰知五、六年，七弦琴無心彈，八行書（字）無可傳，九連環從中折斷，十里長亭望眼欲穿，百相思（思量）、千繫念，萬般無奈把郎（君）怨。萬語千言道不完（盡），百無聊賴十憑（倚）欄。

（九）重九登高看孤雁，八月仲秋月圓人不圓。

七月半，秉燭燒香問蒼天，六月伏天人人搖扇我心寒。

五月石榴如（似）火（紅），偏遇陣陣冷雨澆花端。

四月枇杷未黃，我欲對鏡心意亂。
忽匆匆，三月桃花隨水轉，飄零零，二月風箏線兒斷。
噫，郎呀郎，巴不得下一世，你為女來我做男。

〈白頭吟〉卓文君

皚如山上雪，皎若雲間月。聞君有兩意，故來相決絕。
今日斗酒會，明旦溝水頭。躞蹀御溝上，溝水東西流。
淒淒復淒淒，嫁娶不須啼。願得一人心，白首不相離。
竹竿何嫋嫋，魚尾何簁簁。男兒重意氣，何用錢刀為。

斜槓女青年的愛情

「老師，每天都有那麼多做不完的事情，讀不完的書，我都要變成沒有夢想的工具人了，真不知我的未來要怎麼規劃才好？」女孩拿著一堆考卷走來。

「你認為夢想與工作無法並肩而行嗎？過去我們在考量人生選擇的時候，常常只想著單一發展，再一步步往上躍進。斜槓策略是讓我們嘗試各種橫向多元的發展，不只根據優勢也可以根據愛好發展多種領域的潛能，並多重獲利……」

「老師說得簡單，做起來很難吧！」女孩愁眉不展地打斷我的話。

女孩，妳知道嗎？其實三千年前有個叫婦好的女生，她不只會跳舞、占卜、相夫教子，還能攻打蒙古的先祖鬼方，大獲全勝……可說是古代「斜槓女青年」的代表。

甲骨刻辭上的女神

翻開千古煙波浩蕩的中國史，父權制持續幾千年，女性通常沒有姓名權，婚後叫某夫人（某姓丈夫）或叫某母（兒子名），某（夫姓）某（妻姓）氏。在商朝出現了一個特別的女性，不只留名青史，還讓商王為這位奇皇后不斷在甲骨刻辭，寫上數百次的名字當作恩愛的銘記。

〈詩經．商頌．玄鳥〉提到：「天命玄鳥，降而生商。」意思是：遠古黃河之濱，玄鳥唱歌從空中飛來，人們把它當成上天的使者。一個名叫簡狄的女人，服下玄鳥蛋後，生下兒子叫契，就是商的始祖。

商朝戰亂頻仍，留給今人可追憶的史料稀少，現存於世的甲骨文獻中，不斷出現一位特殊女子的姓名——「婦好」。

婦好到底是誰？她在商代甲骨文裡出現過數百次之多，是武丁的皇后、國家的重臣，也是一方諸侯國之王。武丁是商朝的第二十三位國君，廟號高宗，活躍於公元前一二〇〇年前後，享壽百歲，在位五十九年。武丁的一生背負盤庚遷殷後，商王朝的中興之路，武丁接過王杖後，對於祀與征兩件事上，建立最高的功績和身教示範，他出征、行事，事必問天，根據天意而行。《史記》記載：「武丁修政行德，天下咸歡，殷道復興。」表示武丁能敬天修德，親民之苦，禮敬賢能，建功立勳，使得商朝重振商望德治與武功名揚天下。

這位中興之主與心愛的婦好是怎樣相遇的？文獻雖無法查考，但從甲骨刻辭寫滿婦好的名字，稱她是武丁六十多位「諸婦」中，最愛的后妃是無庸置疑的。

婦好她是武丁在位三位皇后之一，也是武丁心目中無可取代的No.1女神。武丁一生對她用心至切，用情至深，更是武丁牽繫一生一世的女子。

據說婦好並不姓婦，她的父姓是一個亞形中畫兕形的標誌，武丁給了她相當豐厚的封土和士民，在她的封地上，她得到了「好」的氏名，尊稱為「婦好」，或者「后婦好」。從婦好墓發掘的甲骨文發現，出土的甲骨刻辭有幾十條記載著武丁常要求她主持部族祭祀，含祭天、祭先祖、祭神泉等各類祭典，說明武丁對她女祭司崇高地位的信任和倚重。還有，她率領軍隊東征西討為武丁拓展疆土，聰慧地招募囚犯從軍，順利打垮羌人，這場戰役的歷史地位與黃帝勝蚩尤的功績恰可比擬。她與武丁不只鶼鰈情深還合作無間，錚錚錝錝的馬蹄聲中，兩人前後應合，內內外外的奔走都是兩人對商朝中興的情分流瀉。

從婦好墓出土的鴞尊和銅鉞可知：鴞是貓頭鷹，殷商戰神的象徵，鉞這個武器是王身份象徵，當年商湯討伐夏桀就是執鉞為號召。四個婦好鉞，有重達九公斤的，顯示她是商代不讓鬚眉的女將軍。

武丁曬恩愛，婦好頻被打卡

婦好不只是美麗的女性，懂得愛美、審美，品味超凡，從墓葬出土的八百六十五件玉器來看，說明了她對玉器的喜愛，還有富豪級的財力。婦好驍勇善戰、為夫領兵打仗，她東征西討、征戰四方，有時與武丁布陣誘敵，有時單獨掛帥，有時也和其他將領合作連擊。身為殷商時期文韜武略的女將軍，不只受君王寵愛，也和武丁平起平坐，母儀天下的她還可以主持武丁朝中的各種祭祀活動。婦好被封為地表上最強的女戰神、女祭司亦不為過。

最令人津津樂道的是，商王武丁在可考的兩百四十多條甲骨刻辭中，大膽示愛，清楚記錄自己對婦好日常生活的關切。這對千古佳偶的浪漫愛情，在武丁占卜祈告的內容清晰可知，每則卜文猶如一封情書，平實中綿延纏綣的情意。武丁向上天祈求愛人安好，詢問婦好的諸多面向：從征戰、生育、疾病，甚至是她去世後的情形，無一不問。

生前，婦好若有小病小恙，比如打個噴嚏、傷風、牙痛，都惹得武丁心疼不已，頻頻問卜，一如情侶熱戀時，會不斷在臉書放閃、曬恩愛。

貞：「好𡧊，于祖辛。」意思是，婦好身體虛弱，向祖辛祈求康復。

貞：「婦好禍風有疾？」意思是，婦好傷風了，會生病嗎？

貞：「婦好弗疾齒？」意思是，婦好的牙齒不會有問題吧？

貞：「婦好嚏，惟出疾？」意思是，婦好打噴嚏，是不是要生病了？

面對最深愛的婦好，在面臨生死拉鋸戰，武丁不只忐忑不安，也頻頻求神問卜：

貞：「婦好不其死？」意思是，婦好不會死吧？

貞：「婦好延死？」意思是，婦好能延遲死亡的時間嗎？

貞：「婦好其死？」意思是，婦好將死了嗎？

婦好在三十三歲的燦爛年華驟逝後，武丁強忍悲痛，為愛妻陵墓選址，不只陵墓環境優美，也離自己宮殿很近，享有祀殿。兩人相愛一生，緊緊相依，沒有生離的悲痛難捨，卻有著死別的無常摧殘。

武丁在婦好死後，不只無法忘情，還頻頻向鬼神詢問婦好逝世後的情況，到了一種出生入死、上天下地的境界。不只擔心幽冥深遠，還親自為她舉行三次冥婚，（第一位是武丁的六世祖祖乙、第二位是十一世祖大甲、第三位是十三世祖成湯。）委託自己三位偉大的先祖照顧自己的妻子婦好：

「貞：婦好有娶？」

「貞：婦好有娶？」

「貞：婦好有娶？」

意思是：我老婆在陰間嫁人了嗎？嫁人了嗎？嫁人了嗎？老祖宗，收到我老婆了嗎？中祖宗，收到我老婆了嗎？太爺爺，收到我老婆了嗎？

武丁在她去世後，追諡曰「辛」，商朝後人們尊稱她為「母辛」、「後母

065 過盡千帆皆不是

辛」。從武丁封賞諸侯、犒賞功臣大將，沒有遺漏愛妻婦好；身為諸侯國領主的婦好，也沒有因為身分特殊而忘記進貢納稅的義務。這對恩愛夫妻的互動與表現讓我們看見武丁中興公私分明的政治體制，兩人互敬互重，有為有守，不因私害公；彼此德光交映輝，共構商代中興的歷史，共譜千古佳偶的愛情史詩。

成功的女人背後有個他

《左傳》：「國之大事在祀與戎」。「祀」指祭祀，「戎」指軍事，武丁授權婦好主持祭祀和主持軍事的工作，讓她掌握商代政治的核心權力，主導與神同行的工作。在婦好精采的人生中，不只生兒育女，還身兼數職，經營多重身分的多職人生，樣樣精通且出色，堪稱地表最強的斜槓女青年。

維吉尼亞．吳爾芙說：「改變歷史的女性若是想要寫作，一定要有錢和自己的房間。」自己的房間象徵女性從擁有一個實體的空間，繼而擁有心靈的空間、思考的空間、創作的空間。

婦好擁有的不只是一個房間，她還能擁有一個封邑，甚至能管理好三千餘人嫡系部隊，她不僅改寫中國女性的歷史，治理政事、交納貢品，輕輕鬆鬆、游刃有餘。

如果說，吳爾芙用一個房間來宣誓對抗英國維多利亞以降的保守氣氛，她是勇氣與膽識過人的女權者。那麼，甲骨刻辭上武丁對婦好的聲聲呼喚，是商王對女性地位的尊重，更是對兩性平權敲下鏗鏘有力的發聲。

婦好有個賞識她、理解她的武丁，願意讓婦好透過不同管道，讓自己的才華超展開——女戰神、女富豪、女祭司、女政治家。同時，也一起攜手站在商代的歷史舞台，創造國家中興的奇蹟，書寫浪漫的愛情故事。因為武丁的支持，婦好活出三千年前女性自信自主、成功又精采的斜槓人生。

詩文欣賞

從占卜辭拼湊武丁對婦好諸事必卜的用心

武丁詢問指派婦好征戰：

王共人乎婦好伐土方。

貞，登婦好三千，登旅萬，乎伐……

令婦好比沚盛伐巴方。貞王令婦好比侯告伐屍方。

武丁詢問指派婦好的工作：

貞：呼婦好往，若？

婦好使人於眉。

貞：婦好允見有老。

貞：呼婦好執。

武丁詢問婦好生病的事：

貞：好羸，於祖辛。

婦好禍風有疾？

婦好弗疾齒？貞：婦好嚏，惟出疾？

武丁詢問婦好分娩的事：

貞：婦好不其死？

貞：婦好延死？

貞：婦好其死？

已讀不回，不是不在乎

「老師，傳訊給他，他明明看到了，為何不回我？已讀不回讓我好難過。他到底怎麼看待我們的關係呢？他不知道等待是很揪心的嗎？若一直傳訊，又得不到回應，真的好痛苦。」女孩一副神色焦躁，備受折騰的模樣。

「其實，已讀不回有兩種原因，一個是暫時無法回覆，他可能在忙，需要時間思考再回。另一個答案就比較難過了，他覺得不想回，或不需要回。妳繼續逼問下去只會更糟，只能裝傻，別再傳訊了。笑容應該留給讓妳快樂的人，訊息也應該傳給有互動的人。」我誠實地對女孩說。

已讀不回，說穿了，也是一種拒絕抑或是不知如何回應的暗示。在古人社交圈，也有這種相似的例子，到底誰是信件互傳的句點王呢？已讀不回在古代是否有不同的解讀呢？

性格迥異的詩壇明星

每個人成長的歲月中，都會碰到一見鍾情的朋友。讓你願意用心付出，不求回報，真誠對待這個命定的知己。唐代大詩人杜甫也是如此，能遇見一位安頓自己心靈的導師，自是緊緊追隨，因此自願擔任李白全球粉絲後援會的會長。對杜甫來說，李白就是他社交圈獨一無二的知己，他用情看懂李白的孤傲寂寞，來自於壯志難伸，他的眼睛看到友情最重要的東西是馴養，一如《小王子》所說的，他頂著「如果被馴養，就要冒著流淚」的危險，甘願成為友情馴養圈的一員。

杜甫（七一二年二月十二日—七七〇年），字子美，號少陵野老，盛唐社會主義詩人，詩作以寫實著稱。李白生前就擁有千萬鐵粉，杜甫則是死後才被人發現的憂國憂民的詩人。杜甫寫過兩千多首詩，算是高產量詩人，還把百姓疾苦當成詩作產出的主調，令人景仰。

李白（七〇一年—七六二年），字太白，號青蓮居士。盛唐浪漫派詩人，有「詩仙」、「詩俠」之稱。李白因商人之子的身分無法參加科舉考試，他喜縱橫術，擊劍為任俠，四處遊歷。才學洋溢的他經常贈詩酬答，結交朋友，在晉見玄宗前，早已名滿天下。他就像日本「經營之聖」稻盛和夫所說的「自燃人」，不需借助外力，自己就可以熊熊燃燒，甚至影響身邊的人跟進。再套句俗氣一點的話，他是個超級圈粉的實力派偶像。

弱水三千只取一瓢飲

李白比杜甫大上十一歲，李白是盛唐詩歌界的天才，堪稱當時的學霸，寫遍天下無敵手，連賀知章都稱他為「天上謫仙人」。杜甫七歲能詩，「七齡思即壯，開口詠鳳凰」，有志「致君堯舜上，再使風俗淳」，看來也是文藝青年一枚。唐玄宗天寶三年（西元七四四年）杜甫終於見到李白，並有機會與他相伴同遊。這個圈粉功力一流，男女老少無一不拜倒其下的李白，杜甫一見就甘心一輩子手拿螢光棒，站在台下為他搖旗吶喊，當起李白的忠實粉絲。因此，他鼓起勇氣寫給了〈贈李白〉，當成第一封友情告白信：

……李侯金閨彥，脫身事幽討。亦有梁宋遊，方期拾瑤草。

意思是：您這個朝廷裡才德傑出的人，現在脫身金馬門，獨自去尋幽探隱。我也要離開東都，到梁宋去遊覽，到時我一定去訪問您。

害羞的杜甫真情地抒發自己對李白惺惺相惜的心意，和不由自主想讚嘆他的情緒。再從〈與李十二白同尋范十隱居〉就發現杜甫此生認定李白了，這首詩寫得情濃意切，有珍惜情誼的真摯，有心志共鳴的融洽，有志向茫茫的惆悵：

李侯有佳句，往往似陰鏗。余亦東蒙客，憐君如弟兄。
醉眠秋共被，攜手日同行。更想幽期處，還尋北郭生。
入門高興發，侍立小童清。落景聞寒杵，屯雲對古城。
向來吟橘頌，誰欲討蓴羹。不願論簪笏，悠悠滄海情。

意思是：李侯有好詩句，作品像梁陳時期詩人陰鏗似的造語精工。我也是客居東蒙的旅人，我們親如兄弟，醉酒後蓋條被子睡覺，白天一起攜手同遊，一同去幽靜之處尋訪隱士。在晚照的殘影中聽見棒槌搗衣的聲響，荒廢的古城上空滿是厚厚的雲層。長久以來我都喜歡吟誦屈原的〈橘頌〉詩，不曾想過要討吳中的菰菜羹。自己一直想要立志為國效力，可今天來拜訪了隱士，就不願再討論什麼功名富貴，這優哉游哉的隱居生活也很安適啊！

當時李白被排擠出長安城，杜甫經歷科舉失敗，高適不過是一介布衣。三人同遊梁宋，彷彿天涯淪落人，而屈原〈橘頌〉在三人的心裡產生强烈的共鳴，杜甫再次向李白表達朋友間心神相連的感情，以及行旅梁宋的美好時光。

心底的那片溫柔風景

自此，杜甫對李白的傾慕如滔滔江水，杜甫此生給李白寫的詩，據可考的有十五首。李白個性浪漫，孤芳自賞，感受自己的心情多，同理朋友的心情少。他習慣寫自己，喜歡表達像「我是多麼偉大」、「別人應該怎麼重視我」、「他不重視我他怎麼不對」，或是想像「神仙過什麼日子」，自己也要「跟神仙一起遨遊世界」。杜甫則是關注人間現實，雖然兩人在作品風格上出現鴻溝，杜甫仍極力維持友情，往來沒有違和感。果然，喜歡一個人就是喜歡，沒有任何理由。

杜甫是一年四季都會想起李白的，一如〈春日憶李白〉：

白也詩無敵，飄然思不群，清新庾開府，俊逸鮑參軍。渭北春天樹，江東日暮雲，何時一樽酒，重與細論文。

意思是：李白的詩是天下第一的，詩風飄逸絕塵，跌宕不拘，與眾不同清新有如庾開府，俊逸可比鮑照。長安以北一帶已是春木林立，長江以南此刻正是一片暮靄蒼茫。何時能再與他舉杯對飲，再次共同研討寫作、討論文章。

個性內斂的杜甫，大膽地向全天下宣稱自己有多喜歡李白，不只表達自己情有獨鍾，還給李白「地表最強詩人」的稱讚，大聲喊出，誰都比不上我的李白。

兩人在洛陽相識後，志趣相投，與離人騷客組團遊山玩水，賦詩飲酒，只是現實無奈，再怎麼想黏著李白，還是情深緣淺，被迫各分東西。

於是杜甫又寫首〈贈李白〉表達自己永遠相挺的心意：

秋來相顧尚飄蓬，未就丹砂愧葛洪。痛飲狂歌空度日，飛揚跋扈爲誰雄。

秋天離別時兩相顧盼，像飛蓬一樣到處飄蕩。沒有去求仙，真愧對西晉那位煉丹的葛洪。每天痛快地飲酒狂歌白白消磨日子。像您這樣意氣豪邁的人，如此瀟灑不受拘束究竟是為了誰？

杜甫即便不在李白身邊，還是心痛李白為奸人陷害、被貶的失意。他積極寫詩為李白抱不平，也繼續為李白應援，不管他落難或是發達，杜甫懂得，也挺著，佩服著，他的狂放傲骨，瀟灑不羈，希望給他暖心的打氣。

在與李白多年不見的時節，杜甫靜靜地思念著李白，寫了兩首〈夢李白〉表達自己對於與李白分離而音韻全無的悲傷。

摘錄〈夢李白〉其一的內容：

死別已吞聲，生別常惻惻。江南瘴癘地，逐客無消息。

故人入我夢，明我長相憶，恐非平生魂，路遠不可測。

意思是：想到我們因死而分離，我就痛哭失聲，想到我們雖活在世間，卻分別不可見，我就感到憂傷悲慼。在江南濕熱蒸鬱疾病流行的地方，逐客卻毫無消息。你來到我的夢中，因為知道我很想念你。我猜這恐怕這不是你生時的魂魄，路途遙遠無法得知。

杜甫對李白是捧出了真心，在太子亨（即肅宗）與永王李璘政治鬥爭，李白為自己的人生下了一場豪賭，他受到李璘的器重，成了佐僚。李璘兵敗自

殺，李白以「從逆」罪被判流放夜郎，人生的最後一搏，不只賭輸，還差點喪命。這讓杜甫心疼不已，加上一直沒有李白的消息，他心急地寫下〈不見〉：

不見李生久，佯狂眞可哀。世人皆欲殺，吾意獨憐才。
敏捷詩千首，飄零酒一杯。匡山讀書處，頭白好（始）歸來。

意思是：沒有見到李白已經好久，他佯為狂放真令人悲哀。世上那些人都要殺了他，只有我憐惜他是個人才。文思敏捷下筆成詩千首，飄零無依消愁唯酒一杯。匡山那有你讀書的舊居，頭髮花白了，就應該歸來。

身為李白的鐵粉，偶像遭逢人生大劫，因永王事流放夜郎又被赦，杜甫自是擔心他的遭遇，當所有人都對李白喊打喊殺，杜甫悲不可抑。對李白相挺到底的杜甫站出來說話了，說到真情流露。

顛沛的時代，你們「友」彼此

對李白不離不棄的杜甫，在歷史上，開始有人為詩聖杜甫抱不平，認為李白是友情的負心漢。這或許是，杜甫對李白寫的詩多，李白回他的詩少，感覺這是「我喜歡你，你不喜歡我」的互動。

但事實真如一般人所臆測的嗎？李白真的對杜甫絕情無義，已讀不回嗎？若從唐朝講究輩分的習慣，後輩給前輩寫詩，不會是你寫一首，我就要回一首，更多的是，前輩的已讀不回。

這從李白與孟浩然、孟浩然與張九齡的詩作贈答就能明白，「已讀不回」是前輩慣有的風格。在感情世界裡，最讓人感動的就是，被讀懂的心有靈犀與默契，雖然，李白寫給杜甫的贈答詩寥寥可數，但在他心底總是明白的：生命幾個重要的時刻都有杜甫的支持，即使這個世界失去溫度，杜甫也沒有對他失去態度。在顛沛的時代，杜甫循著李白的光前行，李白有杜甫的支持並不孤獨。

如果，你對感情心累了，杜甫與李白的友情或許能尋出終極友情的解答：只有用心看，才看得清楚，重要的東西是眼睛看不見的。

詩文欣賞

杜甫寫給李白

寄李白二十韻

昔年有狂客，號爾謫仙人。
筆落驚風雨，詩成泣鬼神。
聲名從此大，汩沒一朝伸。
文彩承殊渥，流傳必絕倫。
龍舟移棹晚，獸錦奪袍新。
白日來深殿，青雲滿後塵。
乞歸優詔許，遇我宿心親。
未負幽棲志，兼全寵辱身。

劇談憐野逸，嗜酒見天真。
醉舞梁園夜，行歌泗水春。
才高心不展，道屈善無鄰。
處士禰衡俊，諸生原憲貧。
稻粱求未足，薏苡謗何頻？
五嶺炎蒸地，三危放逐臣。
幾年遭鵩鳥，獨泣向麒麟。
蘇武先還漢，黃公豈事秦？
楚筵辭醴日，梁獄上書辰。
已用當時法，誰將此義陳？
老吟秋月下，病起暮江濱。
莫怪恩波隔，乘槎與問津。

天末懷李白

涼風起天末，君子意如何。
鴻雁幾時到，江湖秋水多。
文章憎命達，魑魅喜人過。
應共冤魂語，投詩贈汨羅。

夢李白二首 之一

死別已吞聲，生別常惻惻。
江南瘴癘地，逐客無消息。
故人入我夢，明我長相憶。
恐非平生魂，路遠不可測。
魂來楓林青，魂返關塞黑。
君今在羅網，何以有羽翼？
落月滿屋樑，猶疑照顏色。
水深波浪闊，無使蛟龍得！

夢李白二首之二

浮雲終日行，遊子久不至。
三夜頻夢君，情親見君意。
告歸常侷促，苦道來不易。
江湖多風波，舟楫恐失墜！
出門搔白首，若負平生志。
冠蓋滿京華，斯人獨憔悴。
孰雲網恢恢？將老身反累，
千秋萬歲名，寂寞身後事。

贈李白之一

秋來相顧尚飄蓬，
未就丹砂愧葛洪。
痛飲狂歌空度日，

飛揚跋扈為誰雄？

贈李白之二

二年客東都，所歷厭機巧。
野人對腥羶，蔬食常不飽。
豈無青精飯，使我顏色好？
苦乏大藥資，山林跡如掃。
李侯金閨彥，脫身事幽討。
亦有梁宋遊，方期拾瑤草。

送孔巢父謝病歸遊江東，兼呈李白

巢父掉頭不肯住，東將入海隨煙霧。
詩卷長留天地間，釣竿欲拂珊瑚樹。
深山大澤龍蛇遠，春寒野陰風景暮。

蓬萊織女回雲車，指點虛無是征路。
自是君身有仙骨，世人那得知其故。
惜君只欲苦死留，富貴何如草頭露。
蔡侯靜者意有餘，清夜置酒臨前除。
罷琴惆悵月照席，幾歲寄我空中書。
南尋禹穴見李白，道甫問信今何如。

春日憶李白

白也詩無敵，飄然思不群。
清新庚開府，俊逸鮑參軍。
渭北春天樹，江東日暮雲。
何時一樽酒，重與細論文？

冬日有懷李白

寂寞書齋裡，終朝獨爾思。
更尋嘉樹傳，不忘角弓詩。
短褐風霜入，還丹日月遲。
未因乘興去，空有鹿門期。

不見（近無李白消息）

不見李生久，佯狂真可哀。
世人皆欲殺，吾意獨憐才。
敏捷詩千首，飄零酒一杯。
匡山讀書處，頭白好歸來。

與李十二白同尋范十隱居

李侯有佳句，往往似陰鏗。

余亦東蒙客，憐君如弟兄。
醉眠秋共被，攜手日同行。
更想幽期處，還尋北郭生。
入門高興發，侍立小童清。
落景聞寒杵，屯雲對古城。
向來吟橘頌，誰欲討蓴羹？
不願論簪笏，悠悠滄海情。

今夕行

今夕何夕歲雲徂，更長燭明不可孤。
咸陽客舍一事無，相與博塞為歡娛。
馮陵大叫呼五白，袒跣不肯成梟盧。
英雄有時亦如此，邂逅豈即非良圖？
君莫笑，劉毅從來布衣願，家無儋石輸百萬。

飲中八仙歌

知章騎馬似乘船，眼花落井水底眠。

汝陽三鬥始朝天，道逢麴車口流涎，恨不移封向酒泉。

左相日興費萬錢，飲如長鯨吸百川，銜杯樂聖稱避賢。

宗之瀟灑美少年，舉觴白眼望青天，皎如玉樹臨風前。

蘇晉長齋繡佛前，醉中往往愛逃禪。

李白斗酒詩百篇，長安市上酒家眠，（斗酒一作：一斗）

天子呼來不上船，自稱臣是酒中仙。

張旭三杯草聖傳，脫帽露頂王公前，揮毫落紙如雲煙。

焦遂五斗方卓然，高談雄辯驚四筵。

李白寫給杜甫

魯郡東石門送杜二甫

醉別復幾日，登臨遍池台。
何時石門路，重有金樽開？
秋波落泗水，海色明徂徠。
飛蓬各自遠，且盡手中杯。

秋日魯郡堯祠亭上宴別杜補闕范侍御

我覺秋興逸，誰雲秋興悲？
山將落日去，水與晴空宜。
魯酒白玉壺，送行駐金羈。
歇鞍憩古木，解帶掛橫枝。
歌鼓川上亭，曲度神飆吹。
雲歸碧海夕，雁沒青天時。
相失各萬里，茫然空爾思。

沙丘城下寄杜甫

我來竟何事？高臥沙丘城。
城邊有古樹，日夕連秋聲。
魯酒不可醉，齊歌空復情。
思君若汶水，浩蕩寄南征。

戲贈杜甫

飯顆山頭逢杜甫，
頭戴笠子日卓午。
借問別來太瘦生？
總為從前作詩苦。

最高的友情

「老師，我要和她切八段，切八段……」

女孩不只氣急敗壞，還淚流滿面地說：「她怎麼可以把我的秘密告訴別人，她不配當我的閨蜜。」

「你們之間是不是有什麼誤會？要不要先冷靜下來，自尊真的比多年友情重要？」很多事情可能不是眼見為憑，先懂得珍惜，弄清楚真相再生氣，花落花開，有散有聚，但別誤解一個能真心陪你走過的摯友。

在被朋友遺棄，深感寂寞的夜裡，你可能會被鮑叔牙的善良、溫暖、厚道給擊中心扉。一萬次的冷眼，一萬次的噓聲，一萬次的攻訐，因為鮑叔牙的相挺，讓管仲並不孤單，這世界總有人默默支持著你。

在爾虞我詐的環境裡，有人為你點一盞燈，留一個棲息的地方，那就是朋友。他的善意讓管仲不至於自棄，他的善言讓管仲不至於孤絕。鮑叔牙知道：如果兩人再遇見，管仲仍是他生命唯一的選擇。

人生無法被劇透，他們從來就不會知道兩人齊心走過的歲月痕跡演變成管鮑之交，成為堅定友情的代名詞。

千古難尋的知己

管仲（前七二五年—前六四五年），姬姓，管氏，名夷吾，字仲，潁上（今安徽省阜陽市潁上縣）人，春秋時代法家代表人物。他僅任齊國下卿，卻被視為宰相的典範。

鮑叔牙（前七二三年—前六四四年），姒姓，鮑氏，春秋時代齊國大夫，潁上（今安徽省阜陽市潁上縣）人。

年輕的管鮑相識甚早，鮑叔牙看見管仲的不凡與才情，疼惜他的家貧與困蹇，從不和他計較表面上的輸贏。鮑叔牙知道：每個傷痕累累的人身上，都有不能說的遭遇。

這份交情明眼人都知道，是管仲佔了便宜。管仲把鮑叔牙當成生命的過客，鮑叔牙卻把他當成一生的守候。他們以不同的姿態相遇，撫平對方生命的瘡疤，他們都是彼此在生命中會記得一生一世的朋友。據〈史記．管晏列傳〉說，管仲有過一段這樣剖心地自白：「吾始困時，嘗與鮑叔賈，分財利多自與，鮑叔不以我為貪，知我貧也。吾嘗爲鮑叔謀事而更窮困，鮑叔不以我爲愚，知時有利不利也。吾嘗三仕三見逐於君，鮑叔不以我爲不肖，知我不遇時。吾嘗三戰三走，鮑叔不以我怯，知我有老母也。公子糾敗，召忽死之，吾幽囚受辱，鮑叔不以我爲無恥，知我不羞小節而恥功名不顯於天下也。生我者父母，知我者鮑子也。」

管仲說：當初我貧困時，曾與鮑叔一起做生意，分財爭利往往自己貪多，但是鮑叔從不認為我是貪財，因為他知道我的家境貧窮。我曾替鮑叔出謀辦事，結果事情越弄越糟，終至無法收拾，但是鮑叔不認為我是愚笨，因為他知道我是時運順與不順的問題。我曾經三次做官又三次被國君免職，鮑叔不認為我沒有才能，他知道我沒遇上好的機會。我曾經三次打仗三次逃跑，鮑叔不認為我膽小，他知道我家中還有老母要照顧。公子糾爭王位失敗後，我的同事召忽為此自殺，而我被關在監牢忍辱苟活，鮑叔不認為我是無恥之人，反而知道我不為失小節而羞恥，卻以功名不能顯揚於天下為恥。生養我的是父母，真正瞭解我的是鮑叔啊！

人品和實力都爆棚

兩人走過閃閃發亮的青春，度過滄桑滿布的仕途，鮑叔牙是多麼理解管仲的才幹與能力，鮑叔牙沒有因為管仲的小氣而誤解，他用真心來買單友情；鮑叔牙沒有因為管仲的差池而生氣，他用真情來保鮮友情；鮑叔牙沒有因為管仲的選擇而分道，他用真誠來挽救友情。當天下人都懷疑管仲、誤解管仲，甚至鄙棄管仲的時候，鮑叔牙守著誓言、夢想，用友情和熱血提醒自己：動亂的時代，唯有朋友同行才能齊心走下去，鮑叔牙在管仲困難的時候無私給予，在管仲失落的時候暖心提攜。凌亂行走人生路的管仲，有鮑叔牙的一再回眸，守住生命最美麗的風景。

有誰能像鮑叔薦舉管仲後，甘居下位，輔佐管仲。有誰能像鮑叔認定管仲後，堅持知遇，知仲之明。

管鮑之交的故事能流傳幾千年，除了是知己相逢，更是敬重鮑叔牙待人寬容、大器的情懷，一如太史公說的：「天下不多管仲之賢，而多鮑叔能知人也。」管仲是歷史上不可多得的賢相潛力股，但是，後人更敬佩鮑叔的知賢、薦賢、讓賢的胸襟，把他視為人品與實力都爆棚的忘機友、刎頸交，歷史會記得英雄背後求仁得仁的鮑叔牙，因為他是值得我們永遠記得的朋友典範。

相愛相殺——誰說敵人不能當朋友

王安石（一〇二一年十二月十九日—一〇八六年五月二十一日），字介甫，號半山，臨川鹽阜嶺人，生於宋真宗天禧五年，卒於宋哲宗元祐元年，被封為荊國公，後人稱他「王荊公」。他和蘇軾都是北宋執牛耳的文學大家，在政治圈中，他們曾經涇渭分明，他們相互打擊過，長期處於亦敵亦友的曲折關係。

蘇軾（一〇三七年一月八日—一一〇一年八月二十四日），字子瞻，一字和仲，號東坡居士，眉州眉山人，北宋時著名的文學家、政治家、藝術家。王安石變法運動讓有心抗衡的蘇東坡嘗到被貶謫到全國各地浪遊的滋味，卻在烏台詩案受到王安石出手援救，讓差點與死神同行的蘇東坡有了新局。

熙寧九年十月，王安石選擇裸退，手扶愛子的靈柩，與老妻吳氏隱居鍾山，實現自己在〈泊船瓜洲〉所寫的返鄉與親人團聚的心意：

京口瓜洲一水間，鍾山只隔數重山。春風又綠江南岸，明月何時照我還。

對面的京口和此處北岸的瓜洲不過是橫著一條江的距離，遠處的鍾山也是隔著幾座山巒而已。春風又把對岸的江南大地吹綠了，明月啊，你什麼時候可以照著我回到對面江南的故鄉呢？

元豐七年（一〇八四）七月蘇東坡途經南京，來到半山園拜訪大病初癒的王安石。王安石和蘇東坡再聚江寧時，他們的生命已走過無數風雨，看盡人間冷暖，度過宦海浮沉。據朱弁〈曲洧舊聞〉記載：

東坡自黃徙汝，過金陵，荊公野服乘驢謁於舟次。

東坡不冠而迎揖曰：軾今日敢以野服見大丞相！

荊公笑曰：禮豈為我輩設哉！

東坡曰：軾亦自知，相公門下用軾不著。

荊公無語，乃相招遊蔣山。

兩人相遇在南京的金陵渡口，風塵僕僕來探望王安石的蘇東坡，終於見到披蓑戴笠、騎著毛驢的王安石。

蘇東坡顧不得戴上帽子的禮數，就急著去迎接他，打躬作揖地說：「我今天穿著村野衣服來拜見偉大的丞相。」

王安石笑著說：「我們之間還用講什麼繁文縟節的禮數嗎？」

蘇軾哀怨地說：「我知道，丞相的門下是用不著我這個俗人的。」

王安石對蘇東坡是賞識疼惜的，當蘇東坡遊覽鍾山寫下「峰多巧障日，江遠欲浮天」，立馬受到王安石「和詩」稱道。他們對於仕途出入自如，進退美麗，在鍾山相處的日子，曾是政敵的兩人誤會冰釋，真正的友情禁得起考驗。兩人在鍾山遊山玩水、談詩論佛將近一個月，體現海德格爾嚮往的「詩意的棲居」。即便互相傷害過，但是，王安石還是真心喜歡這個後輩小生，真誠地讚美蘇東坡的文學才華。他說：「更不知幾百年方能出此一個。」

歷經政治風暴的王安石，不只對蘇東坡一笑泯恩仇，還心疼這個小老弟，自知自己在政壇垮台，能幫助他的不多；更深知蘇東坡率直敢言的性格會在官場樹敵無數，他以肺腑之言力勸蘇東坡隱居山林，遠離政治，放手讓自己走得瀟灑。蘇東坡在致王安石書信提過：曾想買田江寧，相伴荊公終老鍾山之下；又想過江在儀征置業，與荊公互相扁舟往來。離開江寧，蘇東坡寫給王安石〈次荊公韻四絕〉，其三如下——

騎驢渺渺入荒陂，想見先生未病時。
勸我試求三畝宅，從公已覺十年遲。

蘇東坡說老宰相王安石，騎著毛驢，一臉的病容。他孤獨地行走在荒野之中，不似當年志得意滿的風采。一見到我後，就力勸我不如在江寧買些田宅落戶，從此與他做個鄰居，兩人比鄰而居。我想，如果我們十年前就能做鄰居，那該有多好呢？

歷經仕途坎坷的蘇東坡理解王安石的忠心愛國，鍾山相會，讓他說出由衷的肺腑之言。四十八歲的蘇東坡對六十四歲的王安石被罷黜宰相之位，不只同情也感傷。自此，蘇軾成了替王安石背書的知音。

兩年後，朝廷政局發生戲劇性轉變，王安石去世，蘇東坡替宋哲宗撰寫了一篇「制詞」——〈王安石贈太傅〉。鄧廣銘說，這篇「制詞」是歷史上最能理解王安石思接千載、智冠古今的宏大精神境界的文章。

王安石和蘇東坡是從敵人變朋友的。他們不再陷入競逐輸贏的迷思，找到「把敵人變朋友」的解藥，他們知道唯有真心的「認可」與「欣賞」，才能讓對方有被接納的安全感；尊重是友情最低的讓步，心寬了、成全了、原諒了，就能製造敵人變朋友的破冰機會。

友情萬歲

無論是管鮑一生相知相惜的情分，抑或是王安石與蘇軾破鏡重圓的情誼，他們的友情不是互相討拍、同溫取暖，即便生活艱難，堅定的友誼就能戳破價值的盲點，翻轉低谷的人生。原來，敵意會讓人感受到遭到拒絕與排擠的恐懼，在噪音充斥的時代，把友情帶進生活，覓得相互扶持的真正慰藉。管鮑的友情讓我理解了：緊握在手的是幸福，懂得分享是奢華的幸福；王蘇的友情讓我明白：你不用和全世界裝熟，好友讓你擺脫以數量論人生的社交陷阱，我們只需要一個懂你的人，人生就值得了。

詩文欣賞

〈管晏列傳〉司馬遷

管仲夷吾者，潁上人也。少時常與鮑叔牙遊，鮑叔知其賢。管仲貧困，常欺鮑叔，鮑叔終善遇之，不以為言。已而鮑叔事齊公子小白，管仲事公子糾。及小白立為桓公，公子糾死，管仲囚焉。鮑叔遂進管仲。管仲既用，任政於齊，齊桓公以霸，九合諸侯，一匡天下，管仲之謀也。

管仲曰：「吾始困時，嘗與鮑叔賈，分財利多自與，鮑叔不以我為貪，知我貧也。吾嘗為鮑叔謀事而更窮困，鮑叔不以我為愚，知時有利不利也。吾嘗三仕三見逐於君，鮑叔不以我為不肖，知我不遇時。吾嘗三戰三走，鮑叔不以我怯，知我有老母也。公子糾敗，召忽死之，吾幽囚受辱，鮑叔不以我為無恥，知我不羞小節而恥功名不顯於天下也。生我者父母，知我者鮑子也。」

鮑叔既進管仲，以身下之。子孫世祿於齊，有封邑者十餘世，常為名大夫。天下不多管仲之賢而多鮑叔能知人也。

管仲既任政相齊，以區區之齊在海濱，通貨積財，富國強兵，與俗同好惡。故其稱曰：「倉廩實而知禮節，衣食足而知榮辱，上服度則六親固。四維不張，國乃滅亡。下令如流水之原，令順民心。」故論卑而易行。俗之所欲，因而予之；俗之所否，因而去之。

其為政也，善因禍而為福，轉敗而為功。貴輕重，慎權衡。桓公實怒少姬，南襲蔡，管仲因而伐楚，責包茅不入貢於周室。桓公實北征山戎，而管仲因而令燕修召公之政。於柯之會，桓公欲背曹沫之約，管仲因而信之，諸侯由是歸齊。故曰：「知與之為取，政之寶也。」

管仲富擬於公室，有三歸、反坫，齊人不以為侈。管仲卒，齊國遵其政，常強於諸侯。後百餘年而有晏子焉。

晏子

晏平仲嬰者，萊之夷維人也。事齊靈公、莊公、景公，以節儉力行重於齊。既相齊，食不重肉，妾不衣帛。其在朝，君語及之，即危言；語不及之，即危行。國有道，即順命；無道，即衡命。以此三世顯名於諸侯。

越石父賢，在縲紲中。晏子出，遭之塗，解左驂贖之，載歸。弗謝，入閨。久之，越石父請絕。晏子懼然，攝衣冠謝曰：「嬰雖不仁，免子於縲，何子求絕之速也？」石父曰：「不然。吾聞君子詘於不知己而信於知己者。方吾在縲紲中，彼不知我也。夫子既已感寤而贖我，是知己；知己而無禮，固不如在縲紲之中。」晏子於是延入為上客。

為齊相，出，其御之妻從門閒而窺其夫。其夫為相御，擁大蓋，策駟馬，意氣揚揚甚自得也。既而歸，其妻請去。夫問其故。妻曰：「晏子長不滿六尺，身相齊國，名顯諸侯。今者妾觀其出，志念深矣，常有以自下者。今子長八尺，乃為人僕御，然子之意自以為足，妾是以求去也。」其後夫自抑損。晏子怪而問之，御以實對。晏子薦以為大夫。

太史公曰：吾讀管氏牧民、山高、乘馬、輕重、九府，及晏子春秋，詳哉其言之也。既見其著書，欲觀其行事，故次其傳。至其書，世多有之，是以不論，論其軼事。

管仲世所謂賢臣，然孔子小之。豈以為周道衰微，桓公既賢，而不勉之至王，乃稱霸哉？語曰「將順其美，匡救其惡，故上下能相親也」。豈管仲之謂乎？

方晏子伏莊公屍哭之，成禮然後去，豈所謂「見義不為無勇」者邪？至其諫說，犯君之顏，此所謂「進思盡忠，退思補過」者哉！假令晏子而在，余雖為之執鞭，所忻慕焉。

男人的浪漫

緣起緣滅，能在生命留下名字的人不多；世情流轉，能為你歡喜為你憂的朋友也不多。你成功，他為你高興；你失敗，他為你加油。曹丕說「文人相輕」，但元白破除了這個迷思：元稹為白居易牽掛，及時支持和鼓勵；白居易替元稹留話，再忙再累都要照顧自己。他們的默契是，為兄弟的召喚衝鋒陷陣，為兄弟的堅強撐腰，為兄弟寫下致友情的詩句。女人也許不會懂得男人為什麼總把兄弟的事當作自己的事，兩肋插刀，那正是男人的義氣。

以詩傳情

唐代詩人元稹是帥到讓人安全感不夠的萬人迷，不只有文壇前十大的顏值，且才華洋溢，多情又貼心。

貞元十五年，元稹到蒲州任職，邂逅才貌雙全的崔家女兒，在兩情相悅下相戀。貞元十六年，元稹抵達京城，由於文才卓著，被京兆尹韋夏卿賞識，陷入愛情與功名之間的抉擇。最後，他留下〈鶯鶯傳〉當作逝去之愛的紀念，攀上韋門高枝，娶韋叢為妻。元稹還以小說為自己的薄情寡義脫罪，把自己移情別戀的負心，歸咎於唐朝階級制的士族婚姻，宣揚才子佳人式的愛情，表明只在乎曾經擁有，不在乎天長地久。

對於愛情，元稹是三心二意的；對於友情，他卻出奇地專情，這輩子只與白居易交心，相知相惜。

元稹和白居易的友情之作在唐人詩文中數量最多，其中元稹思念好友白居易的肺腑之作，凝結血淚和深情，從詩句中不只感受兩人心有靈犀一點通，也體會友情深深深幾許的超越，他們志同道合、榮辱與共；他們分隔兩地、彼此牽念，從兩人互贈的詩歌書信，我們明白何謂真友情！

貞元十九年他們同登書判拔萃科，俱授秘書省校書郎，不只一同中試結交，還幸運地分配到同一個單位，當上好同事。白居易比元稹大八歲，經常形影不離，詩歌唱和，堪稱莫逆之交。

長慶二年到長慶四年間，白居易在杭州任刺史，元稹任越州刺史兼浙東觀察使。他們利用詩筒往來，以詩代書，唱和甚富。從杭州到紹興，一來聯絡感情、互相問候，二來也可展示才情。兩個男人的才情，曾讓杭州民眾競相睹風采，刺史白怪問之，皆曰：「非欲觀宰相，蓋欲觀曩所聞之元白耳！」元白詩中常出現「寄樂天」、「酬樂天」、「與微之」、「和元九」、「夢微之」等字眼。兩人以詩歌會友一來一往，引起民間一股追星熱潮，他們的情誼不只讓後世津津樂道，還被戲稱為「最合拍CP」。

白居易〈與微之唱和來去常以竹筒貯詩陳協律美而成篇因以此答〉：

揀得琅琊截作筒，緘題章句寫心胸。隨風每喜飛如鳥，渡水常憂化作龍。粉節堅如太守信，霜筠冷稱大夫容。煩君贊詠心知愧，魚目驪珠同一封。

詩中不只介紹詩筒傳情的方式和內容，也互相誇讚對方的優點，表達他們魚雁往返的欣喜。

心有靈犀

古來文人喜歡喝酒，快樂喝，不快樂也喝；升官喝，貶官也喝。酒彷彿寄託生命的七情六慾，飛黃騰達的快樂；落魄潦倒的苦澀，一醉似乎也解了千愁。元白在長安為官，詩酒競逐，元稹酒後寫一首詩，白居易立馬也寫一首回覆按讚。最神奇的是，兩人沒有互通有無，竟然在同一天寫詩思念對方。

唐元和四年，元稹奉旨前往東川，走到古梁州（今漢中南鄭），寫下一首〈梁州夢〉：

夢君同繞曲江頭，也向慈恩院院遊。
亭吏呼人排去馬，忽驚身在古梁州。

意思是，我正夢見和白居易等朋友在京城曲江旁遊玩，一起走進慈恩院。突然屋外驛卒大聲叫人去安排馬匹等候老爺啓程，夢醒了，才知道自己已經身在梁州了。

人在長安的白居易和弟弟白行簡、好友李杓直喝酒，酒酣耳熱時，感覺少了元稹悵然若失，心有遺憾地寫下〈同李十一醉憶元九〉：

花時同醉破春愁，醉折花枝作酒籌。
忽憶故人天際去，計程今日到梁州。

意思是：花開的時候，我們一同醉酒以銷春天捎來的愁緒，醉酒後，盼著把花枝當作喝酒的籌碼。突然間，想到老友遠去他鄉無法相見，屈指算來，元稹今天該到梁州了。

這是神蹟般的巧合，還是兩人對彼此行踪瞭若指掌，天天關注？白居易即便在曲江、慈恩寺春遊，又到杓直家飲酒，還是會不自覺地想念元稹，在爾虞我詐的官場裡，兩人從未懷疑過彼此的友情，從陌生到莫逆之交，這樣的緣分是我的生命有你，你的生命有我。

寫你、讀你千遍也不厭倦

元和十年（八一五年），白居易與元稹久別重逢，兩人通宵達旦地暢談、喝酒、吟詩。不久，元稹因直言勸諫，觸怒宦官，貶為通州司馬。同年八月，白居易要求徹查宰相武元衡被暗殺身亡一案，被憲宗貶為江州司馬。

元稹的謫居生涯只能用「淒風苦雨」形容。才到通州，他就得了瘧疾，差點病死。身處瘴癘之地，失去朋友的惆悵，讓他意志消沉，白居易理解元稹，展開為友情書寫的馬拉松通信。

面對元稹被貶，白居易接連三次上疏論救援，這封信大約寫在元稹被貶江陵後，白居易在翰林院值夜班的某個清晨。詩人對好友無限思念、無限關心，無法相伴，只能以文撫慰彼此的孤獨寂寞。

白居易〈禁中作書與元九〉：

心緒萬端書兩紙，欲封重讀意遲遲。五聲宮漏初明夜，一盞殘燈欲滅時。

意思是：我非常激動又小心地寫完信，想要封口，又怕遺漏些什麼，再從信封裡拿出來再讀一遍，就這樣一直折騰一夜，直到第二天早晨的到來。

他寫自己再三斟酌，欲封未封，從欲言又止、心神不定的思緒，茫然無措的護友之心，不難看出元稹在他心中的分量。

元稹收到白居易的信，也寫下〈得樂天書〉：

遠信入門先有淚，妻驚女哭問何如。尋常不省曾如此，應是江州司馬書！

意思是：我接到遠方朋友的來信，激動得淚流滿面。妻子和女兒十分吃驚，問我為什麼要大哭？我激動地無法言語。她們私自揣度：不記得元稹平時有過這樣的舉動，今天一定是收到老朋友江州司馬白居易的來信了！

元白雖是生死至友，但要一個淡定的大男人捧信淚流，讓妻女見狀驚慌不已，足見元稹對友情的看重。好事者曾猜測過元白是否有「基情」？我看到的是，一個人的一生能找到在工作上同理你的處境、在創作上緊緊跟隨你，還一起投入「新樂府運動」的志業？

再看這封書信寫於元和十二年（公元八一七年），四十七歲的白居易已是中年大叔，在江州當司馬感到十分厭世。司馬是中唐期安置朝廷貶官的閒差，有職無權，形同虛設。三年來，憂國憂民、滿腔怨憤的白居易，獨自在江州苟活度日，不只過著籠鳥檻猿的生活，也失去說話的對象。他又想念元稹了：

微之，微之，不見足下面已三年矣；不得足下書欲二年矣。人生幾何，離闊如此！況以膠漆之心，置於胡越之身，進不得相合，退不能相忘，牽攣乖隔，各欲白首。微之，微之，如何！如何！天實爲之，謂之奈何！

意思是：微之啊，微之，見不到你的日子已經三年了；沒接到你的信也將近兩年了。人生能有多少可過的日子呢？離別的日子卻是如此長久呀！況且以我們如膠似漆的情誼，置身在南北遙隔的異地，進不能彼此相聚，退不能互相忘懷；心裡牽繫，兩地分離，你我都快等到年老了。微之啊，微之，怎麼辦？怎麼辦？上天真的這樣安排，您說我們該怎麼辦呢？

自視甚高又高處不勝寒的兩人，在上天的恩典下，賜予彼此一個讀懂自己的心靈夥伴，兩人不只心意相通、言語投機，連寫信都是字字斟酌，句句用情。

作夢也想夢到你

佛洛伊德認為我們的夢境表面上都與白天生活經驗或所思所感有關，夢就是趁熟睡時，將情節搬到意識舞台上演。夢隱藏我們深沉的渴望，也是一種舒壓方式，白居易和元稹都寫夢寄情，字裡行間盡是真情至性的表現，連夢裡都期待能與對方相見。一如〈夢微之〉：

晨起臨風一惆悵，通川湓水斷相聞。
不知憶我因何事，昨夜三更夢見君。

詩句中，白居易不說自己苦思成夢，反以元稹為念；詩人從反面著墨，語氣忽起波瀾，追問元稹為了什麼事情想起自己，導致白居易昨晚夢見元稹，表現對他的處境的無限關心。構思精巧，感情真摯。

元稹對白居易時時繫念，心存感激，即便臥病在床，也要寫下為友情作註解的詩作。〈酬樂天頻夢微之〉純以白描，人物生動，情調感人，來回應知己的惦念：

山水萬重書斷絕，念君憐我夢相聞。
我今因病魂顛倒，惟夢閑人不夢君。

意思是：我們被千萬層山水阻隔，使得往返的書信間斷了，今日忽然接到你寄來的詩信，難得你愛憐我，在夢中還打聽我的消息。我現在有病灶在身，心神錯亂，只夢見一些不相干的人，卻沒有夢見你。

夢裡才能相見的兩人，最終還是得面對生離死別的無常，〈祭元微之文〉

是白居易悼念亡友元稹所作，字字血淚、句句斷腸，令人悲痛莫名。

嗚呼微之！貞元季年，始定交分，行止通塞，靡所不同，金石膠漆，未足為喻，死生契闊者三十載，歌詩唱和者九百章，播於人間，今不復敘。

意思是：唉呀！微之，從貞元末年，我們開始堅定的交情，行為舉動，境遇的通順與滯塞，無所不同。我們的情誼像金石膠漆般堅牢親密，很難做更好的比喻。生死離合的時間有三十年，歌誦唱和的詩作有九百篇，這些都流傳在人間，今日不再贅述。

一生被當成劈腿王子、用情不專的元稹，對白居易許下友情的海誓山盟：唯有真正愛過才會懂，雖然寂寞，回首終有夢，終有你在心中。就像周華健的歌詞說的：「朋友一生一起走，那些日子不再有，一句話、一輩子、一生情、一杯酒。」

如果說，李白和杜甫是已讀不回的知己；白居易和元稹就是已讀秒回的好情誼，友情有姿態千百種，重要的是，你懂我的心就好，你懂我的情就好。

詩文欣賞

〈與元微之書〉白居易

四月十日夜，樂天白：

微之，微之，不見足下面已三年矣；不得足下書欲二年矣。人生幾何，離闊如此！況以膠漆之心，置於胡越之身，進不得相合，退不能相忘，牽攣乖隔，各欲白首。微之，微之，如何！如何！天實為之，謂之奈何！

僕初到潯陽時，有熊孺登來，得足下前年病甚時一札，上報疾狀，次敘病心，終論平生交分。且云：「危惙之際，不暇及他，惟收數帙文章，封題其上，曰：『他日送達白二十二郎，便請以代書。』」悲哉！微之於我也，其若是乎！又睹所寄聞僕左降詩，云：

「殘燈無焰影幢幢，此夕聞君謫九江。垂死病中驚坐起，暗風吹雨入寒窗。」此句他人尚不可聞，況僕心哉！至今每吟，猶惻惻耳。且置是事，略敘

近懷。

僕自到九江，已涉三載，形骸且健，方寸甚安。下至家人，幸皆無恙。長兄去夏自徐州至，又有諸院孤小弟妹六、七人，提挈同來。昔所牽念者，今悉置在目前，得同寒暖飢飽：此一泰也。

江州風候稍涼，地少瘴癘，乃至蛇虺蚊蚋，雖有甚稀。湓魚頗肥，江酒極美，其餘食物，多類北地。僕門內之口雖不少，司馬之俸雖不多，量入儉用，亦可自給，身衣口食，且免求人：此二泰也。

僕去年秋始遊廬山，到東西二林間、香爐峰下，見雲水泉石，勝絕第一，愛不能捨，因置草堂。前有喬松十數株，修竹千餘竿；青蘿為牆垣，白石為橋道；流水周於舍下，飛泉落於簷間；紅榴白蓮，羅生池砌；大抵若是，不能殫記。每一獨往，動彌旬日，平生所好者，盡在其中，不惟忘歸，可以終老：此三泰也。

計足下久得僕書，必加憂望；今故錄三泰，以先奉報。其餘事況，條寫如後云云。

微之，微之，作此書夜，正在草堂中，山窗下，信手把筆，隨意亂書，封題之時，不覺欲曙。舉頭但見山僧一兩人，或坐或睡；又聞山猿谷鳥，哀鳴啾啾。平生故人，去我萬里。瞥然塵念，此際蹔生。餘習所牽，便成三韻云：

憶昔封書與君夜，金鑾殿後欲明天。今夜封書在何處？廬山庵裡曉燈前。
籠鳥檻猿俱未死，人間相見是何年？

微之，微之！此夕此心，君知之乎！樂天頓首

魏晉男神與友絕交書

一個看臉的時代

心理學家研究「顏值」，沒想到，這世界果然殘酷，顏值高的人竟然產生比較聰明、個性好的刻板印象，也因為「自我實現預言」，長大後社交朋友圈也比較活絡。難道，這真的是一個看臉的時代？還是，顏值長久以來，都是人們關注的焦點？

魏晉是戰亂殺戮的黑暗時代，也是精神解放的光明時代。這個時期的文人要出名，除了文采好，還要高顏值。

例如，西晉文學家花樣美男潘安，「少時，挾彈出洛陽道，婦人遇者，莫不連手共縈之。」潘安年少時曾帶著彈弓到洛陽街上遊玩，遇見他的女子互相拉著手圍繞著他，這個場面並不亞於今日哈韓族在機場迎接歐巴的瘋狂程度。

《語林》提到：「安仁至美，每行，老嫗以果擲之滿車。」據說潘安只要出門，就受到眾多女子的歡迎，甚至連老婆婆也對他丟水果，代表老粉對偶像絕對的支持與喜愛。

如果說，潘安、衛玠是喜歡敷粉薰香的小鮮肉，那麼，才華橫溢卻放浪形骸的嵇康，就是陽剛男神的代表。他的祖籍是會稽上虞人，西漢初年他的祖先為躲避仇家而遷居到譙國銍縣，因住家旁邊有嵇山，變更奚姓為嵇。他有阮籍、山濤、向秀、劉伶、王戎及阮咸等名士當朋友，史稱「竹林七賢」。嵇康曾經做過曹魏的中散大夫，司馬氏在朝廷專權後，他就辭官隱居在河南焦作的農村裡。

嵇康到底有多俊美？顏值有多高？為何能讓史書與稗官野史一致按讚地推崇？

《晉書》說嵇康：「龍章鳳姿，天質自然」，意思是：他有蛟龍的文采，鳳凰的姿容，風采出眾。

《世說新語》說他：「身長七尺八寸，風姿特秀。見者嘆曰：『蕭蕭肅肅，爽朗清舉。』或云：『肅肅如松下風，高而徐引。』」意思是：嵇康身高七尺八寸，風度姿容十分秀美，看見的人都感嘆說：嵇康風度瀟灑，清朗挺拔。氣度如同松樹下的風，高雅而徐緩綿長。

另一個花美男衛玠，首度來到江東，造成「京師人士聞其姿容，觀者如堵」的盛況，想要目睹本尊一面的粉絲，讓京師萬人空巷、絡繹不絕。史書記載：衛玠本來就體弱多病，折騰又勞累的見面會、握手會辦完，竟讓他生病而死，留下「看殺衛玠」的成語傳世，傳言如果屬實，真讓人不勝唏噓。

男神不愛洗澡？

嵇康雖然帥到人人誇獎，卻因為不愛打扮，不愛洗澡，全身都是虱子，讓人產生男神不愛洗澡的疑惑。

嵇康自云：「不涉經學，性復疏懶，筋駑肉緩，頭面常一月十五日不洗，不大悶癢，不能沐也。每常小便，而忍不起，令胞中略轉，乃起耳。」他自坦個性懶散，意思是：只喜歡睡覺，甚至不講究衛生習慣，常常十天半個月都不洗澡，連上廁所也懶得去，如果不是憋不住，還真不想起身到廁所。

男神到底為何能活得這樣任性？即便全身男人味，大家還是趨之若鶩地接近。

嵇康白天揮汗在柳樹旁「鏗鏗鏗」激越打鐵的形象，烙印人心，每每打出鋤頭、鐵鍬等農具，慷慨送人，卻分文未取。除了擁有帥到逆天的高顏值，也有斜槓青年的特質，不但氣質好、身材健美，更是風靡全國的音樂家、文學家、思想家，同時，也是「竹林七賢」的領軍人物。

儘管不愛洗澡，總是恣意而為，在這個沒有禮教矜持的時代，嵇康即便蝨子滿身，堅持自己的調調，仍舊魅力十足。

神問話鑄下難逃的死劫

司馬家族看到嵇康的影響甚鉅，就想拉攏他做官，於是嵇康的首號腦殘粉鍾會，自告奮勇要去拜訪他。

鍾會是太傅鍾繇的小兒子，少年就「敏惠夙成」，時人稱之漢初張良。鍾會起初是真心喜歡嵇康的，把自己寫過的《四本論》，想盡辦法要讓嵇康點評。但是，鍾會害怕嵇康看不上眼，就從牆外面把書扔進去。想當然耳，這個投書問訊的怪異動作，並無法得到他任何回音。

此時的鍾會聲名顯赫，「乘肥衣輕，賓從如雲」而來，騎著駿馬、帶著諸多隨從來看自己的偶像嵇康。

嵇康對鍾會這種輕衣肥馬、從者如雲，喜歡擺闊搞排場的人，當然視而不見。貼心粉絲鍾會選擇默默地看著，嵇康卻一眼也不願賞，旁若無人地繼續揮錘鍛鐵。最終，嵇康的態度讓自尊心高的鍾會心死意冷，決定悻悻然地離開。

本來，嵇康讓他默默地走就好，孤傲的他竟在鍾會走前，沒頭沒腦地來個神問話：

何所聞而來？何所見而去？

意思是：你來是想聽我說什麼話？現在看到我，又觀察到什麼要走了？

鍾會原本一片仰慕之情，突然被打臉，心裡實在羞憤，回嗆一句：

聞所聞而來，見所見而去。

意思是：你問我聽到什麼了，我聽到我想聽的話而已，看到我看的事而已。

鍾會與嵇康的一問一答成了文壇名句，卻也因為這句神問話，使鍾會記恨終生，鑄下日後的殺機。

夢想是豐滿的，現實是殘酷的

竹林七賢的快意人生畢竟不是每個人都想選擇的路。

嵇康對鍾會可以瀟灑地揮之即去，對好朋友山濤的引薦為官，卻無法拒絕。

山濤比嵇康大將近二十歲，嵇康打從心底很敬重這位老大哥。山濤是七人中酒量最好的，據說能飲八斗，或許山濤城府頗深，從沒人見過他醉酒。兩人一見如故，成為至交。山濤因與當時黨政的司馬師有表親關係，擔任過吏部郎，後又將轉遷散騎常侍。升官的山濤，想到了老弟嵇康，好意地遊說嵇康接替自己先前的職務。

嵇康終於體會到「沒有永遠的朋友，也沒有永遠的敵人」，在公元二六一年寫下史上最鏗鏘有力的〈與山巨源絕交書〉。

這封信不只公開地和知音山濤絕交，砲火也對準當時掌權者的司馬家族。〈與山巨源絕交書〉說明知己間價值觀的歧異，立場不同，兩人情誼存在隔閡，尤以「非湯武而薄周孔」、「越名教而任自然」的風骨，讓他不得不用絕交書來做切割。

這封信開宗明義地為這段友情做了了斷：

足下昔稱吾於潁川，吾常謂之知言……足下議以吾自代，事雖不行，知足下故不知之。

意思是：您曾經讚賞我的辭官歸隱，我也把您當作知音……但是，您要讓我接替您的位置，這就證明：您從來就不是我的朋友。

話雖說絕了，畢竟山濤是嵇康的老大哥，再怎樣，後輩還是要吹捧一下對方：

足下傍通，多可而少怪；吾直性狹中，多所不堪，偶與足下相知耳。

意思是：您處事靈活，見人說好話，很少有批評。我性格憨直，心眼兒又小，很多事情看不慣。咱倆能成朋友，純屬偶然。

或許，也是這段自貶之說，為彼此情份留下一線恩情，在他最後慷慨赴死時，把兒子託孤給山濤，才不致受阻。

接著，嵇康告訴山濤入朝為官就像手拿屠刀，沾上一身腥臊氣味。再提到，人的秉性各有所好，生性懶散，不堪禮法約束的自己，列舉史例闡述君子的處世之道，然後貶低自己，早年喪父，母親和兄長的包容讓他養成驕縱之氣。最重要的是，官場有七大讓自己受不了、兩大過不去的地方：

臥喜晚起，而當關呼之不置，一不堪也。

抱琴行吟，弋釣草野，而吏卒守之，不得妄動，二不堪也。

危坐一時，痺不得搖，性復多蝨，把搔無已，而當裹以章服，揖拜上官，三不堪也。

素不便書，又不喜作書，而人間多事，堆案盈機，不相酬答，則犯教傷義，欲自勉強，則不能久，四不堪也。

不喜弔喪，而人道以此爲重，已爲未見恕者所怨，至欲見中傷者；雖瞿然自責，然性不可化，欲降心順俗，則詭故不情，亦終不能獲無咎無譽如此，五不堪也。

不喜俗人，而當與之共事，或賓客盈坐，鳴聲聒耳，囂塵臭處，千變百伎，在人目前，六不堪也。

心不耐煩，而官事鞅掌，機務纏其心，世故煩其慮，七不堪也。

意思是：自己喜歡睡懶覺，受不了每天要被催促起床；

喜歡吟詩撫琴、隨處悠閒垂釣，無法忍受吏卒待在身邊；

正襟危坐讓腿腳麻木，著官服、不能搔癢，揖拜上官，難以忍受；

沒寫過公文，還要整天在公文應酬間周旋，這是生性討厭做的事；

不能忍受出去弔喪，但人情世故使然，世俗應該無法接受這個怪癖；

不能忍受喧譁人多的場所，還和俗人一起工作，應付各種伎倆，實在難忍；

不能忍受案牘勞形的苦悶，還有每日被世俗的人情應對所束縛之苦。

又每非湯武而薄周孔，在人間不止，此事會顯，世教所不容，此甚不可一也。剛腸疾惡，輕肆直言，遇事便發，此甚不可二也。

最後，再提出：如果要讓自己當官，還有兩大過不去——我經常攻擊周公、孔子所代表的正統思想，在官場上被人傳了出去，是主流價值沒法接受的想法。加上脾氣暴躁，看什麼說什麼，我就是這樣任性地想做自己。

傲嬌男神死得也優雅

嵇康的絕交書宣告：你走你的陽關道，我過我的獨木橋，以後咱們兩個就別做朋友。這份率性而為的絕交書一發表，不只萬人瘋傳，更讓山濤難以下台。嵇康劃清界線，表明不與當局合作的態度，等於重重地打了司馬家族的臉，同時也讓鍾會有機可趁，引君入甕，羅織罪名把嵇康送上斷頭台。

這一生他泰然自若地做自己，但做自己是要付出代價的，臨死前，嵇康還是把兒女託付給性格沉穩，陪他走過千山萬水的山濤：「巨源在，汝不孤矣。」最後，望著斷頭台下為他請願的三千名太學生，緩緩撥動手中的琴弦，瀟灑地演奏〈廣陵散〉，「素琴揮雅操，清聲隨風起」，傲嬌男神死前獲得眾人情義相挺的真心，即便死去也值得了。

身為文壇領袖，他以死捍衛知識分子的風骨，印證讀聖賢書，所學何事？嵇康臨死仍挺直腰桿，不畏權勢，言所當言，士可殺，不可辱。作為一個時代思想的引航者，嵇康當之無愧。

掩卷之際，邏輯清楚，感情滿溢的〈與山巨源絕交書〉不只展現他厭惡虛偽官場仕途，不屈服政治高壓手段，在紛亂的魏晉時代徹底實踐人在江湖亦能自由做自己的清明與自持，難怪有人說：「嵇康之後，再無嵇康」，魏晉人物的風骨悄然消逝於歷史的長河，嵇康與〈廣陵散〉終成為時代的終極絕響。

詩文欣賞

〈與山巨源絕交書〉嵇康

康白：足下昔稱吾於潁川，吾常謂之知言。然經怪此意，尚未熟悉於足下，何從便得之也。前年從河東還，顯宗阿都說足下議以吾自代，事雖不行，知足下故不知之。足下傍通，多可而少怪。吾直性狹中，多所不堪，偶與足下相知耳。間聞足下遷，惕然不喜。恐足下羞庖人之獨割，引尸祝以自助；手薦鸞刀，漫之羶腥。故具為足下陳其可否。

吾昔讀書，得并介之人；或謂無之，今乃信其真有耳。性有所不堪，真不可強。今空語同知有達人無所不堪，外不殊俗，而內不失正；與一世同其波流，而悔吝不生耳。老子、莊周，吾之師也，親居賤職。柳下惠、東方朔，達人也，安乎卑位。吾豈敢短之哉。又仲尼兼愛，不羞執鞭，子文無欲卿相，而三登令尹；是乃君子思濟物之意也。所謂達能兼善而不渝，窮則自得而無悶。

以此觀之，故堯舜之君世，許由之巖棲，子房之佐漢，接輿之行歌，其揆一也。仰瞻數君，可謂能遂其志者也。故君子百行，殊塗而同致。循性而動，各附所安。故有「處朝廷而不出，入山林而不反」之論。且延陵高子臧之風，長卿慕相如之節。志氣所託，不可奪也。吾每讀尚子平臺孝威傳，慨然慕之，想其為人。少加孤露，母兄見驕，不涉經學。性復疏嬾，筋駑肉緩。頭面常一月十五日不洗。不大悶癢，不能沐也。每常小便而忍不起，令胞中略轉乃起耳。又縱逸來久，情意傲散，簡與禮相背，嬾與慢相成。而為儕類見寬，不攻其過。又讀莊老，重增其放，故使榮進之心日頹，任實之情轉篤。此猶禽鹿少見馴育，則服從教制；長而見羈，則狂顧頓纓，赴蹈湯火。雖飾以金（鑣）（鑣），饗以嘉肴，逾思長林，而志在豐草也。

阮嗣宗口不論人過，吾每師之，而未能及。至性過人，與物無傷，唯飲酒過差耳。至為禮法之士所繩，疾之如讎，幸賴大將軍保持之耳。吾不如嗣宗之賢，而有慢弛之闕。又不識人情，闇於機宜，無萬石之慎，而有好盡之累。久與事接，疵釁日興。雖欲無患，其可得乎。又人倫有禮，朝廷有法；自惟至熟，有必不堪者七，甚不可者二。臥喜晚起，而當關呼之不置；一不堪也。抱琴行吟，弋釣草野，而吏卒守之，不得妄動；二不堪也。危坐一時，痺不得搖，性復多蝨，把搔無已；而當裹以章服，揖拜上官；三不堪也。素不便書，又不喜作書；而人間多事，堆案盈機。不相酬答，則犯教傷義；欲自勉強，則不能久。四不堪也。不喜弔喪，而人道以此為重。己為未見恕者所怨，至欲見中傷者。雖瞿然自責，然性不可化。欲降心順俗，則詭故不情，亦終不能獲無咎。無譽如此；五不堪也。不喜俗人，而當與之共事。或賓客盈坐，鳴聲聒耳。囂塵臭處，千變百伎，在人目前。六不堪也。心不耐煩，而官事鞅掌。機務纏其心，世故繁其慮。七不堪也。又每非湯武，而薄周孔；在人間不止此事，會顯世教所不容；此甚不可一也。剛腸嫉惡，輕肆直言，遇事便發；此甚不可二也。以促中小心之性，統此九患，不有外難，當有內病，寧可久處人間邪？又聞道士遺言，餌朮黃精，令人久壽。意甚信之。遊山澤，觀魚鳥，心甚樂之，一行作吏，此事便廢。安能舍其所樂，而從其所懼哉？

夫人之相知，貴識其天性，因而濟之。禹不偪伯成子，高全其節也；仲尼不假蓋於子夏，護其短也。近諸葛孔明不偪元直以入蜀，華子魚不強幼安以卿相，此可謂能相終始，真相知者也。足下見直木必不可以為輪，曲者不可以為桷；蓋不欲以枉其天才，令得其所也。故四民有業，各以得志為樂。唯達者為能通之，此足下度內耳。不可自見好章甫，強越人以文冕也。己嗜臭腐，養鴛雛以死鼠也。吾頃學養生之術，方外榮華，去滋味，游心於寂寞，以無為為貴。縱無九患，尚不顧足下所好者，又有心悶疾，頃轉增篤。私意自試，不能堪其所不樂，自卜已審。若道盡塗窮，則已耳。足下無事冤之，令轉於溝壑也。

吾新失母兄之歡，意常悽切。女年十三，男年八歲，未及成人；況復多玻顧此悢悢，如何可言。今但願守陋巷，教養子孫，時與親舊敘闊，陳說平生。濁酒一杯，彈琴一曲，志願畢矣。足下若嬲之不置，不過欲為官得人，以益時用耳。足下舊知吾潦倒麤疏，不切事情，自惟亦皆不如今日之賢能也。若以俗人皆喜榮華，獨能離之以此為快，此最近之可得言耳。然（後）使長才廣度，無所不淹，而能不營，乃可貴耳。若吾多病，困欲離事自全，以保餘年，此真所（之）乏耳；豈可見黃門而稱貞哉。若趣欲共登王塗，期於相致，時為歡益，一旦迫之，必發其狂疾。自非重怨，不至於此也。

野人有快炙背而美芹子者，欲獻之至尊，雖有區區之意，亦已疏矣。願足下勿似之。其意如此，既以解足下，並以為別。嵇康白。

也無風雨也無晴

與書信同感，
發現筆墨典藏的力量

李白、杜甫如何自薦脫魯？

每年到了申請學測入學的四月天，高三學生就面臨要以備審資料向大學教授推薦自己的挑戰。自薦函要怎麼寫，才不會卡關，才能讓教授覺得你是非用不可的明日之星？得以進入夢想的學園。一如作家吳淡如說的：「在自己擅長的領域行銷自己，可以證明自己的能力，改變命運。」

這是一個「自我行銷」的年代，懂得推銷自己、行銷自己，才不至於讓自己的才能淹沒在茫茫人海中。我們常說：態度決定高度，行銷熱情與夢想，販賣美好給身邊的人，比吹噓自己的才能更吸引人心。因此，自薦文言辭要適度地「謙」，也要適當地「露」。

兩大文學名家的求職心法

蘇軾在〈賈誼論〉提到「非才之難，所以自用者實難」，這正說明一個人有才能並不困難，如何找到機會，發揮才能，才是真正的困難。

唐朝文人做官有三個途徑選擇：一是參加科舉考試，靠自己謀取官位。二是尋仙修道，博取聲名，引起朝廷的關注。三是靠名人舉薦，透過他們的拔擢引薦，就能登上仕途。因此，第三項名人舉薦就成為許多文人進入官場的首選。但是，要找人推薦，也得靠自己先寫好自薦文，把自己寫成一個A咖，未來才有機會被看見。

唐朝的自薦信稱為「行卷」，或是「投謁」。自薦者除了要在信中表現捨我其誰的氣度與膽識，還要處處流露進退得宜的謙沖情懷。唐朝兩大詩人，詩仙李白、詩聖杜甫，在尚未出名時，都曾提筆寫過行卷。才氣縱橫、豪放不羈的李白，關懷社會、筆鋒沉鬱的杜甫，兩人都希望透過自薦信成為求職贏家，從此官運能扶搖而直上。兩人的求職心法就是寫好求職信，讓人驚豔，未來仕途能平步青雲。

「話」要說到心坎裡

凡德羅說：「魔鬼在細節中（Devils are in the details）。」一般人寫自薦信容易犯角色混淆的問題，今日你是有求於人，語氣務必謙和，明明是求人幫忙，切忌語帶輕蔑或是狂妄。

開元二十二年，三十四歲的李白不甘在安陸桃花巖當耕讀的宅男，真心想找份稱頭的工作。他來到襄陽一打聽，發現父母官韓荊州推過誰，誰就被選中，韓荊州簡直是推薦大神的等級，因此，拿起筆就為自己寫推薦信了。

李白縱然才情過人，寫著寫著卻敗在不拘小節上，導致折戟沉沙的結局。

老子曰：「天下難事，必作於易；天下大事，必作於細。」李白寫給韓朝宗的〈與韓荊州書〉，先以「生不用封萬戶侯，但願一識韓荊州」來吹捧韓朝宗，說些讓人高興的話，將對方放到一個至高無上的位置。沒想到，話鋒一轉，不自覺地暴露自己的狂妄之氣：「君侯何惜階前盈尺之地，不使白揚眉吐氣、激昂青雲耶？」、「必若接之以高宴，縱之以清談，請日試萬

言，倚馬可待」云云。

自薦文雖然不能唯唯諾諾、卑躬屈膝，長他人志氣，滅自己威風，卻也不能讓主事者對你存疑、心生反感。

李白忽略自薦信貴在謙虛謹慎、規矩得體，對方畢竟是給工作，改變你命運的人，留下好印象是十分重要的。

而〈新唐書．杜甫傳〉提到杜甫的求職信就寫得比李白上道，當年在長安漂泊的杜甫，闖蕩之餘，嘗過人情冷暖，更悲慘的是，原本杜甫是有志氣的，他想靠自己的實力翻身，參加幾次科舉考試，均未及第，讓杜甫心灰意冷了起來。

既然科舉仕途難以走通，杜甫只能另闢蹊徑。此時，杜甫遇上了唐玄宗。他在自薦信中以低姿態說話：「先臣恕、預以來，承儒守官十一世，迨審言以文章顯中宗時。臣賴緒業，自七歲屬辭，且四十年。然衣不蓋體，常寄食於人。竊恐轉死溝壑，伏惟天子哀憐之。」除了低聲下氣地介紹自己的來歷，也把自己的遭遇寫得可憐、可憫，讓玄宗對於他出身書香門第卻仕途蹇困而心生不忍。此外，杜甫還夾帶三篇作品展現自己的積極與熱忱，也讓信中文字有真憑實據，求職之事當然一蹴可幾。

相較之下，李白的求職信還要韓荊州自備紙筆才能窺見其詩文才情，實屬狂妄無理：「若賜觀芻蕘，請給紙筆，兼之書人，然後退掃閒軒，繕寫呈上。」所謂「他山之石，可以攻錯」，杜甫懇切的口吻對照李白自負的口氣，杜子美的求職模式才值得學習。

自我行銷第一步：了解自己的優勢所在

要行銷「自己」這項商品，就要有自知之明，明白自身的優劣為何。毛遂說：「臣乃今日請處囊中耳。使遂蚤（早）得處囊中，乃穎脫而出，非特其末見而已。」你要讓自己的才華，被大家看見，就要知道自己好在哪裡。李白在〈與韓荊州書〉做了簡潔有力的自我介紹：「白隴西布衣，流落楚漢。」、「長不滿七尺」，再寫「十五好劍術，遍干諸侯；三十成文章，歷抵卿相。」點出自己允文允武的獨特性，顯然是古代版的斜槓青年。坦白說，李白其實是善於經營「個人品牌」，而不是要當乖乖牌！他尤會創造自己「獨特賣點」，讓人十分動心，否則賀知章就不會和他一見如故，稱他「天上謫仙人」了。

杜甫的自我行銷術也不遑多讓。唐天寶十年（七五一年）正月初八、初九、初十，朝廷連續三天舉行祀太清宮、祀太廟、祀南郊三大典禮。身在長安的杜甫把握機會連寫三篇禮賦〈朝獻太清宮賦〉、〈朝享太廟賦〉、〈有事於南郊賦〉，連同求職信一併進獻給唐玄宗。唐玄宗看完杜甫文情並茂的書信和才華洋溢的「三大禮賦」之後，覺得杜甫是個可造之才，便安排他待在集賢院，等候任用。

說之以理，動之以情，打動主考官

開元二十二年（七三四年）李白遊歷到襄陽時，聽身邊的人提及韓荊州即韓朝宗喜歡結交賢士，經常向上級推薦，李白內心也期待能受到韓荊州的賞識，便興致勃勃地給他寫封〈與韓荊州書〉來自薦。這封推薦信駢散並用，長短錯落，氣盛言宜。一封縱橫恣肆、氣概凌雲的求職信，尤以强而有力的開場，「生不用萬戶侯，但願一識韓荊州。」再以「一沐三握，一飯三吐哺」、「君侯制作侔神明，德行動天地，筆參造化，學究天人」，展現自己對韓荊州的高度仰慕之情，尤其，把韓荊州與周公的禮賢下士相比，高度的恭維與奉承，溢於言表。

同樣地，杜甫不斷向權貴投詩求職，收效甚微。所幸天無絕人之路，杜甫把握向皇帝自薦的機會，說之以理、動之以情：「令執先臣故事，拔泥塗之久辱，則臣之述作雖不足鼓吹六經，先鳴諸子，至沉鬱頓挫，隨時敏給，揚雄、枚臯可企及也。有臣如此，陛下其忍棄之。」他的求職信化繁為簡、有條不紊，除了讓玄宗知道自己有能力勝任官職外，也趁機用揚雄、枚臯自擬，強化自己的強項與賣點。

從詩仙與詩聖的求職信，我們發現杜甫忠於自己的特質與能力、不隨波逐流，不過度吹捧自負，採哀兵政策；李白才華洋溢，懂得先吹捧他人，再行銷自己的道理。但是，他過於恃才傲物，不懂謙卑，也沒有注意上下禮節，自然無法打動韓荊州的心，只留下令人長嘆的結局。

正為求職感到苦惱的你一定想知道，李白與杜甫的求職信是否適用於現代？任何的觀點都該與時俱進，古代重視門閥出身，自然會把祖宗八代拿出來一說，現代人行銷自己時，也要考慮老闆的需要才能穩操勝券。

李杜自我行銷術各有可取之處，除了不卑不亢的態度，也要展現讓對方有非用自己不可的自信；若能兩者兼顧，就會是求職場上最好的行銷利器。

〈與韓荊州書〉李白

白聞天下談士相聚而言曰：「生不用封萬戶侯，但願一識韓荊州。」何令人之景慕，一至於此耶！豈不以有周公之風，躬吐握之事，使海內豪俊，奔走而歸之，一登龍門，則聲價十倍！所以龍蟠鳳逸之士，皆欲收名定價於君侯。願君侯不以富貴而驕之、寒賤而忽之，則三千之中有毛遂，使白得穎脫而出，即其人焉。

白，隴西布衣，流落楚、漢。十五好劍術，遍干諸侯。三十成文章，歷抵卿相。雖長不滿七尺，而心雄萬夫。皆王公大人許與氣義。此疇曩心跡，安敢不盡於君侯哉！

君侯制作侔神明，德行動天地，筆參造化，學究天人。幸願開張心顏，不以長揖見拒。必若接之以高宴，縱之以清談，請日試萬言，倚馬可待。今天下以君侯為文章之司命，人物之權衡，一經品題，便作佳士。而君侯何惜階前盈尺之地，不使白揚眉吐氣，激昂青雲耶？

昔王子師為豫州，未下車，即闢荀慈明，既下車，又闢孔文舉；山濤作冀州，甄拔三十餘人，或為侍中、尚書，先代所美。而君侯亦薦一嚴協律，入為秘書郎，中間崔宗之、房習祖、黎昕、許瑩之徒，或以才名見知，或以清白見賞。白每觀其銜恩撫躬，忠義奮發，以此感激，知君侯推赤心於諸賢腹中，所以不歸他人，而願委身國士。儻急難有用，敢效微軀。

且人非堯舜，誰能盡善？白謨猷籌畫，安能自矜？至於製作，積成卷軸，則欲塵穢視聽。恐雕蟲小技，不合大人。若賜觀芻蕘，請給紙墨，兼之書人，然後退掃閒軒，繕寫呈上。庶青萍、結綠，長價於薛、卞之門。幸惟下流，大開獎飾，惟君侯圖之。

人生的抉擇注定最終的結局

「老師，我是要躲在舒適圈就好？還是勇敢去冒險，為自己的人生闖一闖？」年輕的學子面對抉擇總是猶豫不決，不知該往何處去？人生是自己的，任誰也不能替別人做決定，唯有自己能替自己的選擇負責，也為這個選擇無悔地走下去。生命的習題常常必須用一生來證明對與錯、是與非。一如阿德勒說的：「為了幸福，人人都必須做出人生中最重大的抉擇。」

人生道路，有無數方向、千百種走法。面對人生課題、挑戰，面對情緒、人際關係，我們需要培養什麼能力，才能擁有快樂幸福，翻轉人生？一如美國詩人Robert Frost在〈The Road Not Taken〉中談到：「樹林中有兩條路，我選擇人煙罕至的那一條，從此人生開始有所不同。」因此，做個好決定，讓世界記住你的好，這是生命中多麼重要的事。

愛與不愛都是修行

倉央嘉措生於一六八三年三月一日，是藏傳佛教第六世達賴喇嘛。他是西藏著名詩人，更是達賴喇嘛界最富傳奇色彩的人物。他是唯一一位沒有正式的、官方撰寫傳記的達賴，其生平事蹟更少得可憐，最後的行蹤成謎。

第五世達賴喇嘛圓寂後，為維持西藏政權的穩定，倉央嘉措被認定為轉世靈童，並在一六八八年被認定為五世達賴喇嘛的轉世。西藏六世達賴倉央嘉措生性浪漫，拒絕受戒，意欲還俗，被稱為放浪活佛以及情僧。他時常穿著俗人衣服，步行也好、騎馬乘轎也罷，總是率性地離開布達拉宮，流連街頭，情韻風流。面對鍾情的愛人，被迫杜絕人間情慾，開始天人交戰的一生，因此他被視為佛法世界的「異類」。倉央嘉措三百年的生死謎團，在愛與不愛之間，留下修行、愛情的探問：

曾慮多情損梵行，入山又恐別傾城。世間安得雙全法，不負如來不負卿。

意思是：如果動情了，就辜負如來（佛法）；如果不動情，就辜負愛人。

這首為世人傳頌流傳的情詩，不只是他對愛情忠貞與抉擇的詮釋，也是最後他選擇為愛拋棄家國、自行圓寂的訣別之路。一如他說的：

那一世轉山轉水轉佛塔，不爲修來世，只爲途中與你相見。

倉央嘉措逆天的臉龐，為愛痴狂的性格，面對活佛的身分，他以文字佐相思，寫最好不相見，如此便可不相戀；最好不相知，如此便可不相思。詩句充滿為愛而生，為情而活的生命原型。身為西藏政教領袖，卻在政治鬥爭被罷黜，甘願被康熙廢帝位，獨自承擔世人罵名，倉央嘉措勇往直前、守護追尋情愛的自由，死時約二十三歲。或死於戰爭途中，或不知所蹤而隱遁。他選擇愛情、不愛江山，求愛得愛，堅持最初的選擇，愛與不愛都是修行，更像風中的白蓮，給了短暫又純粹的生命真情，試圖為愛與不愛的修行給了一個解答。

不負蒼生只負卿

林覺民（一八八七年八月十一日—一九一一年四月二十七日），福建省福州市閩侯縣人。字意洞，為黃花崗七十二烈士之一。一九一一年四月二十四日（清宣統三年四月二十四日）夜晚，林覺民返家探望父母和已懷孕的妻子陳意映。年僅二十四歲的他把自己對妻子的感情寫在一塊白色正方形手帕上，留下〈與妻訣別書〉的悲愴筆墨，這封信被譽為百年來最感人的一封情書：

吾至愛汝，即此愛汝一念，使吾勇於就死也。吾自遇汝以來，常願天下有情人都成眷屬；然遍地腥膻，滿街狼犬，稱心快意，幾家能夠？語云：「仁者老吾老以及人之老，幼吾幼以及人之幼。」吾充吾愛汝之心，助天下人愛其所愛，所以敢先汝而死，不顧汝也。汝體吾此心，於啼泣之餘，亦以天下人爲念，當亦樂犧牲吾身與汝身之福利，爲天下人謀永福也。汝其勿悲！

意思是：我是深愛妳的，也因為愛妳的念頭，讓我勇敢赴死。自從遇見妳以來，就常祈願天下有情人都能成為眷屬。如今，到處都可聞到血腥臭惡的氣味，滿街都可見到像凶犬惡狼般的壞人；我們想要滿足快樂地過日子，又有多少家庭能做得到？為官的人無動於衷地繼續過著富裕的生活，我卻無法學到聖人不為情所動的境界。俗語說：有仁愛之心的人，能夠把孝敬自己的父兄的心，推廣到孝敬別人的父兄；把慈愛自己的子弟的心，推廣開到慈愛別人的子弟。所以，我將我愛妳的心意，用來幫助天下人愛他們的所愛，所以，我敢先妳而死，不再眷顧與妳的私情。請妳體諒我這份心意，在哀號哭泣之餘，也想想這世上的人們，妳應該就能歡喜地犧牲我們自身的福利，為天下的人群，謀取永恆的福樂。

林覺民為國家大義，慷慨捐軀，在信中喚愛妻四十九次，婉轉千餘字，字裡行間，情如杜鵑泣血，文如黃鐘大呂，革命者的孤寂之路，犧牲愛情的悲壯，讓人讀之斷腸、淚下。他選擇為國捐軀，放棄自身愛情，讓年輕的生命成為革命史上鮮明的印記，他的熱血給了當年頹廢不振的家國，暮鼓晨鐘的一擊。就像韋莊〈江上別李秀才〉提到：「一曲驪歌兩行淚，不知何地更逢君？」一曲離歌唱完，情不自禁地流下兩行清淚，因為不知何時何地，才能和親愛的你再相逢啊！分別之後，相逢自是難事。

倉央嘉措與林覺民都有過深愛的人、堅貞的愛情和生命中最甜蜜的時光，橫亙在兩個男人、兩百年的流光，林覺民為國家，拋棄愛情；六世達賴為愛情，拋棄國家，兩個出生在清朝的男人，對感情、對國家、對人生價值的選擇，都是義無反顧，即便艱難，他們還是往前衝了。很多事情沒有對錯，只有心安理得而已。

平靜的告別

林覺民在〈稟父書〉說：「父親大人，兒死矣，惟累大人吃苦，弟妹缺衣食耳，然大補於全國同胞也，大罪乞恕也！」他把內心澎湃的情感如實在〈與妻訣別書〉中向妻子吐露，卻無法把那種生離死別的悲愴情感，向敬仰的父親表達；家書寥寥數語，表現出勇赴死地、捨身成仁的決心，同時懇請父親原諒自己的決定，自古忠孝難兩全，內心仍是掛念手足的。他以平靜的文句，訴說想為中國四萬萬同胞謀求生路的人生抉擇，請父母別再懸念兒子生死。

曾演過林覺民的胡歌這樣形容林覺民：「在煙硝瀰漫的戰場上，他像一朵白色山茶花，在生命的最後時刻，頑強的綻放。」這句話恰為林覺民的人生勾勒出美麗的輪廓。

林覺民懂得清末腐敗的政權已走到窮途末路，明白「人死留名，虎死名皮」的道理，所以，選擇捨身取義當作讀聖賢書的終極目標。

忠孝不能兩全，結局大不同

人生其實是一場賽局，遇上人和利益，你是要合作互惠？還是要靠競爭勝出？不懂、不學賽局，無異於在人生場上舉了白旗。

明末大將吳三桂面對東北清軍虎視眈眈，南明軍閥則割據一方，李自成的大順軍、張獻忠的割據勢力，人人都想和他結盟，炙手可熱的他，為何會把一手好牌給打壞了呢？

吳三桂（一六一二年六月八日－一六七八年十月二日），字長伯，明朝遼東人，精於騎射，受父親吳襄和舅父祖大壽的薰陶，不滿二十歲就考中武舉人，展開戎馬征戰的生涯。

原本，面對多強鼎立，人人有希望、誰也不靠譜的局勢，吳三桂謹慎地盱衡四分五裂的政治局勢，企圖贏得人生賽局。就在吳三桂聽說劉宗敏捉住父親吳襄、霸占陳圓圓後，又見牛金星假託吳襄之名送來一封勸降信，他暴走了！斬了送信的使節。接著，吳三桂向多爾袞借兵，攻破山海關，向李自成發出檄文，再寫訣別書給父親。

吳三桂所做的選擇和鄭成功一樣，都是和父親撕破臉，走自己的路。忠孝不能兩全，歷史給了鄭成功一個民族英雄的聖名，他卻得到民族敗類的罵名，這是為什麼？

壞就壞在吳三桂的與父訣別信，不寫則已，一寫驚人！這封信讓李自成怒斬其父吳襄和吳氏家族百十餘口，從此吳三桂背上不忠、不孝的罪名。

吳三桂寫給吳襄的訣別書，內容如下：

兒以父蔭，熟聞義訓，得待罪戎行，日夜勵志，冀得一當以酬聖眷……兒方力圖恢復，以為李賊猖獗，不久便當撲滅，恐往復道路，兩失事機，故暫羈時日……

側聞聖主晏駕，臣民戮辱，不勝眥裂！猶憶吾父素負忠義，大勢雖去，猶當奮錐一擊，誓不俱生……父既不能爲忠臣，兒亦安能爲孝子乎？兒與父訣，請自今日。父不早圖賊，雖置父鼎俎之旁，以誘三桂，不顧也。

意思是：兒子三桂憑藉父親的庇蔭和諄諄教誨，得以戴罪在軍中效力，日夜不懈怠，力圖奮進，希望能以戰功報答聖上的眷愛……兒子三桂努力收復失地，心還想著逆賊李自成雖然猖獗，很快地就會被撲殺消滅，我擔心把時間耽誤在往來京城的路上，會讓兩大戰場都耽誤時機，所以在山海關耽誤了幾天。

我聽聞聖主駕崩，京城臣民被燒殺搶掠的消息，內心悲痛、憤慨不已，我以為父親義勇忠義，雖知大勢已去，也會拚死反擊，絕不會與賊寇李自成共生。

父親，您既然不能做忠臣，兒子我又怎麼能做孝子呢？從今天起，兒三桂就與父親永別了。父親您走錯了一步，現在逆賊就算把您放在油鍋旁來威脅我，兒子我也不會多看一眼。文末再以「男三桂再百拜」作訣別的呼告，讓人不禁唏噓。

一步錯，步步錯

吳三桂這封與父訣別書，寫來大義凜然，甚至譏諷父親怎麼能忍辱偷生，歸順敵營，心甘情願做出不仁不義的叛明行徑呢？當吳三桂說這些話時，歷史也會為他做蓋棺論定的公評。自己留下這封與父訣別書，不只是罄竹難書的開端，更是未來獻關降清的恥辱與嘲諷。尤其，他在一六六二年命令士兵用一把弓將永曆帝勒死，不只不忠不孝，也成為心狠手辣的無義者。最令人可鄙的是，後來，竟為了康熙撤藩，選擇再次叛清，打著反清復明的旗幟，卻讓自己陷入不斷變節又萬劫不復的局面。

原本，這三個與清朝歷史息息相關的男人，或因時代不同，怎樣也無法扯上邊。但，面對生死關頭，為自己的價值選邊站，被歷史定位的格局與高度也不盡相同。面對小我愛情與大我家國的選擇，或許，也能提供我們不同的思考與反省。

倉央嘉措求愛得愛，林覺民求義得義，吳三桂原本可以做自己人生的主人，後來竟成了任利益擺布的棋子。無法掌控好自己的命運，就注定人生悲劇的結局。一如《哈利波特》說的：「決定我們成為什麼人的，不是我們的能力，而是我們的選擇。」你的價值在於能夠影響多少人追隨，為自己的選擇負責，做自己生命中的貴人。因為歷史從來就不會給我們任何解釋的機會，甚至是回頭的機會。

詩文欣賞

〈不負如來不負卿〉　**倉央嘉措**

曾慮多情損梵行，入山又恐別傾城。
世間安得雙全法，不負如來不負卿。

倉央嘉措創作

（一）

我伸不出撫摸天空的雙手，
那麼便讓我足踏蓮花，
從哪裡來，到哪裡去，
回歸深海或者沒入塵沙。
我可以微笑著告訴佛祖，

告訴你——我是凡塵最美的蓮花。

（二）

一世情緣 一世戀，
千年情愫 嘆難圓。
佛祖渡我 我渡誰，
萬般紅塵 問上天。

（三）

好多年了，你一直在我的傷口中幽居，
我放下過天地，卻從未放下過你，
我生命中的千山萬水，任你一一告別。
世間事除了生死，哪一樁不是閒事。

〈與妻訣別書〉林覺民

意映卿卿如晤：

吾今以此書與汝永別矣！吾作此書，淚珠和筆墨齊下，不能竟書，而欲擱筆！又恐汝不察吾衷，謂吾忍舍汝而死，謂吾不知汝之不欲吾死也，故遂忍悲為汝言之。

吾至愛汝，即此愛汝一念，使吾勇於就死也。吾自遇汝以來，常願天下有情人都成眷屬；然遍地腥羶，滿街狼犬，稱心快意，幾家能夠？語云：「仁者老吾老以及人之老，幼吾幼以及人之幼。」吾充吾愛汝之心，助天下人愛其所愛，所以敢先汝而死，不顧汝也。汝體吾此心，於啼泣之餘，亦以天下人為念，當亦樂犧牲吾身與汝身之福利，為天下人謀永福也。汝其勿悲！

汝憶否？四、五年前某夕，吾嘗語曰：「與其使我先死也，無寧汝先吾而死。」汝初聞言而怒；後經吾婉解，雖不謂吾言為是，而亦無辭相答。吾之意，蓋謂以汝之弱，必不能禁失吾之悲。吾先死，留苦與汝，吾心不忍，故寧請汝先死，吾擔悲也。嗟夫！誰知吾卒先汝而死乎！

吾真真不能忘汝也。回憶後街之屋，入門穿廊，過前後廳，又三、四折，有小廳，廳旁一室，為吾與汝雙棲之所。初婚三、四月，適冬之望日前後，窗外疏梅篩月影，依稀掩映。吾與汝並肩攜手，低低切切，何事不語？何情不訴？及今思之，空餘淚痕。又回憶六、七年前，吾之逃家復歸也，汝泣告我：「望今後有遠行，必以具告，我願隨君行。」吾亦既許汝矣。前十餘日回家，即欲乘便以此行之事語汝；及與汝對，又不能啟口。且以汝之有身也，更恐不勝悲，故惟日日呼酒買醉。嗟夫！當時余心之悲，蓋不能以寸管形容之。

吾誠願與汝相守以死。第以今日時勢觀之，天災可以死，盜賊可以死，瓜分之日可以死，奸官污吏虐民可以死，吾輩處今日之中國，無時無地不可以死，到那時使吾眼睜睜看汝死，或使汝眼睜睜看我死，吾能之乎？抑汝能之乎？即可不死，而離散不相見，徒使兩地眼成穿而骨化石；試問古來幾曾見破鏡重圓？則較死尤苦也。將奈之何！今日吾與汝幸雙健，天下之人，不當死而死，與不願離而離者，不可數計；鍾情如我輩者，能忍之乎？此吾所以敢率性就死，不顧汝也。

吾今日死無餘憾，國事成不成，自有同志者在。依新已五歲，轉眼成人，汝其善撫之，使之肖我。汝腹中之物，吾疑其女也；女必像汝，吾心甚慰；或又是男，則亦教其以父志為志，則我死後，尚有兩意洞在也。甚幸！甚幸！

吾家日後當甚貧；貧無所苦，清靜過日而已。吾今與汝無言矣。吾居九泉之下，遙聞汝哭聲，當哭相和也。吾平日不信有鬼，今則又望其真有；今人又言心電感應有道，吾亦望其言是實；則吾之死，吾靈尚依依汝旁也，汝不必以無侶悲！

吾愛汝至。汝幸而偶我，又何不幸而生今日之中國！吾幸而得汝，又何不幸而生今日之中國！卒不忍獨善其身。嗟乎！紙短情長，所未盡者尚有幾萬千，汝可以模擬得之。吾今不能見汝矣。汝不能舍我，其時時於夢中得我乎！一慟！

辛亥三月二十六夜四鼓意洞手書

〈寫給父吳襄訣別書〉吳三桂

不肖男三桂泣血百拜，上父親大人膝下：

兒以父蔭，熟聞義訓，得待罪戎行，日夜勵志，冀得一當以酬聖眷。屬邊警方急，寧遠巨鎮為國門戶，淪陷幾盡。兒方力圖恢復，以為李賊猖獗，不久便當撲滅，恐往復道路，兩失事機，故暫羈時日。不意我國無人，望風而靡。吾父督理御營，勢非小弱，巍巍百雉，何致一、二日內便已失墜？使兒卷甲赴闕，事已後期，可悲可恨！側聞聖主晏駕，臣民戮辱，不勝眥裂！猶憶吾父素負忠義，大勢雖去，猶當奮錐一擊，誓不俱生。不則刎頸闕下，以殉國難，使兒素縞號慟，仗甲復仇；不濟則以死繼之，豈非忠孝媲美乎！何乃隱忍偷生，甘心非義，既無孝寬禦寇之才，復愧平原罵賊之勇。夫元直荏苒，為母罪人；王陵、趙苞二公，並著英烈。我父喈宿將，矯矯王臣，反愧巾幗女子。父既不能為忠臣，兒亦安能為孝子乎？兒與父訣，請自今日。父不早圖，賊雖置父鼎俎之旁以誘三桂不顧也。男三桂再百拜。

信件密碼學

「老師，我的帳號被盜了，千萬不要打開我寄給你的訊息，可能會讓你的電腦中毒……」生活在資訊時代，生活往往與數字密碼習習相關，一如我們使用的３Ｃ產品，因注重信息安全大都設有個人密碼，若不小心個資、秘密都暴露在眾人面前。那麼，在沒有網際網路的古代，古人又如何處理信件安全的問題？從以下的書信故事，你會發現：原來，古人比我們聰明，書信可以用高智商加密或解密，成為傳達個人想法的溝通以及符號美學的展現。

密碼詩抗倭

明朝嘉靖年間，東南沿海寇匪肆虐，造成民不聊生，明朝一代名將戚繼光因此受命領軍討伐倭賊。

戚繼光（一五二八年一月十日－一五八八年一月十七日），字元敬，山東登州人，初始，戰事並不順利，除兵力嚴重不足外，倭人奸險，多次設局，讓戚家軍連遭兩次滑鐵盧。孤立無援想求救兵的戚繼光，一直想不出好辦法讓書信安全送達聯軍的手上。正當他騎馬視察時，一條長繩橫亙鼻樑而來，仔細一看，竟是城中百姓在上元節準備的燈謎活動。

戚繼光靈機一動，馬上聯想到東漢末年就有的「反切碼」，它是利用兩個字，取上字的聲母和下字的韻母，「切」出另外一個字的讀音。如，情報上的密碼信有一串數字是5-25-2，對照戚繼光的《八音字義便覽》，聲母編號5是「低」字，韻母歌編號25是「西」字，兩字的聲母和韻母合到一起了是di，對照聲調是2，就可以切出「敵」字。這套密碼被世上譽為難破解的「密電碼」。

因此，他命人拿來文房四寶，立馬寫下兩首詩：

第一首是「柳邊求氣低，波他爭日時。鶯蒙語出喜，打掌與君知。」

第二首是「春花香，秋山開，嘉賓歡歌須金杯，孤燈光輝燒銀缸。之

5
25

東郊，過西橋，雞聲催初天，奇梅歪遮溝。」

他找了自己的親信隨從把這兩首詩的內容銘記於心，再分別給譚綸、俞大猷和劉顯寫了一封通篇只有數字的信。戚繼光的打算是，即便這些信落到倭寇的手裡，他們也看不懂這一堆數字的背後的意義，再搭配人體背誦機，就成了史上加密最嚴謹的軍事信函。

神機妙算的戚繼光，運用智慧手抄數字信，讓三位將帥收到信後，再搭配隨從默背而出的詩句，解出數字密碼後，讓他們喜出望外地解出軍機，同時，也運用同樣的數字信函互通消息。終於在一五六三年四月，戚繼光率部抵達興化城東亭，作為中路主攻，與左路明山的劉顯部、右路秀山的俞大猷部三路夾擊，一舉殲滅盤踞在許厝的倭寇，救出被擄群眾三千多人。自此，興化倭患之亂就被幾封密碼信徹底消除，古人書信的密碼智慧果真令人驚嘆。

報任安書，有讀沒有懂？

《史記》作者司馬遷（前一四五年—約前八十六年），字子長，是中國西漢著名的史學家和文學家。《史記》被認為是中國史書的典範，首創紀傳體撰史，後世稱之史遷，其自稱太史公。他在〈報任安書〉篇首的「太史公牛馬走」六個字，讓這封書信一開始就設下了解讀密碼，讓閱讀的前賢解釋不一，眾說紛紜。如果要來個追根究柢，書信內容「密碼」般的話，權威人士李善認為「牛馬走」是「稱其父談」，有人說「牛馬走」是「後人尊加」，有人說「牛馬走」是「官府通稱」，有人說「牛馬走」是「自謙之詞」，有人說「牛馬走」是「自嘆如牛馬般奔波勞碌」，或許，更可信的說法是：「牛走馬」是「先走馬」的形誤。

若從班固〈漢書．司馬遷傳〉回顧司馬遷人生軌跡：從西元前一〇四年，任太史令的司馬遷始著《史記》；西元前九十九年，李陵戰敗被匈奴俘虜，他替好友李陵辯護、被捕入獄；西元前九十八年，司馬遷自乞宮刑，隱忍苟活，為著《史記》；西元前九十七年，司馬遷被赦出獄，任中書令；約西元前九十三年，朋友任安寫信給司馬遷以「慎於接物，推賢進士」為務；西元前九十一年，《史記》完成，朝中卻發生巫蠱之禍，武帝寵臣江充誣陷太子劉據搞巫蠱，太子發兵誅殺江充。這起事件平定後，武帝認為任安坐觀成敗，有懷詐不忠之心，論罪入獄腰斬。任安臨刑前，司馬遷寫了封著名的回信〈報任安書〉。若從史料與漢代官制來說，司馬遷寫信時的官職是位高權重的「中書令」，這個宦者之職，這或許是他在信首以改列扈駕巡行的「先馬走」一職為喻，暗引句踐臥薪嘗膽、忍辱事吳的典故，來說明自己「太史公↓中書令↓牛馬走」職銜的演變，恰與他「遭禍被刑」、「發憤著述」、「雪恥揚名」的創作心路歷程，「太史公牛馬走」六字不謀而合。「司馬遷之心」有別於「司馬昭之心」，「太史公牛馬走」原來是司馬遷人生系譜的統攝，他以這六個字當作一生忍辱負重、雪恥揚親完成史記的人生價值，不只對父親，也對中國歷史做出交代。

謀反的證據

裴炎原是唐高宗病重時的宰相，他受遺詔輔佐中宗，是元老顧命大臣。公元六八三年，中宗即位，欲以韋后之父韋玄貞為侍中，裴炎堅決反對，引起中宗不滿。裴炎始與武則天密謀，廢中宗為廬陵王，立豫王旦為帝。

睿宗即位後，武則天以太后身分臨朝稱制。裴炎身為唐室忠臣，又與武后有過革命情感，忘記上下身分的階級，在朝中說話聲音大起來了。首先，他反對武則天追王自己的祖先、立武氏七廟，這點讓武則天很下不了台，開始與裴炎有了心結與矛盾。

接著，裴炎誤判形勢，在徐敬業聚兵十萬於揚州起兵時，有了裡應外合之心。肇因是駱賓王寫了一首密碼歌謠：「一片火，兩片火，緋衣小兒當殿坐。」他有心機地先教裴炎家中的小兒朗讀，利用一傳十、十傳百的力量，讓京城小兒也都能琅琅上口。駱賓王故弄玄虛，幾次裴炎想以寶物錦綺當解密之禮，駱賓王始終笑而不語。後來，機會一來，駱賓王趁著一起觀看裴炎家裡古時忠臣烈士的圖畫時，神色嚴肅地北面而拜，對著裴炎說：「緋衣合起來是個『裴』字，『兩片火』是個『炎』字，意思是說你裴炎要南面稱王了。你就是我們認定的真人也。」

於是，裴炎就與徐敬業等人一起合謀要反對武則天的專權。裴炎欲以拆字手段作為傳遞秘密信息的方法。其實，這種拆字加密法，在《三國演義》也用過，有民謠道：「千里草，何青青；十日卜，不得生。」其實就是暗指董卓作惡多端，人人痛恨，因為「千里草」為「董」，「十日卜」為「卓」。

後有人告密，裴炎這封未發出的密信，落到武則天的手中。一開始，群臣對這封只有兩個字的密信，大惑不解。武則天一見「青鵝」二字，馬上下令將裴炎入獄受刑。

武則天如何破解密碼來定裴炎的罪呢？原來，「青」字拆開就是「十二月」，而「鵝」字拆開來就是「我自與」。密信的意思是：當徐敬業、駱賓王等率兵於十二月進發，裴炎將在內部接應之。裴炎因青鵝二字在光宅元年（六八四年）被處斬於洛陽都亭。接著，武則天派兵擊敗徐敬業和駱賓王。一場國祚保衛戰，就在加密／解密之間，由武則天勝出。

聰明的人猜心，傻氣的人給心

記得電影《模仿遊戲》（The Imitation Game）中艾倫．圖靈曾說：「當人們說話時，他們總是另有意思，而你卻要猜測他們的真正用意，但是我永遠猜不出來。」加密的人際關係，話中有話的書寫，需要心有靈犀者才能解答，否則就會變成《認識密碼學的第一本書》開場故事的窘狀。書中孩子用了一組數字想要表達自己的情感，卻得不到父親的答案：「88 8179 7954 88179 8437 94320 0506 1.181 1.91817 88520」，父親未能看出其中端倪是：「爸爸：不要吃酒，吃酒誤事。爸爸一吃酒，不是傷妻，就是傷兒女，動武動怒，一點也不要，一點酒也不要吃。爸爸我愛你。」

從信件密碼學不只學習古人超凡的智慧，也能反思人生哲理：聰明的人喜歡猜心，也許猜對了別人的心，卻也失去了自己的。傻氣的人喜歡給心，也許會被人騙，卻未必能得到別人的。

折疊在書信中的密碼，很多是深藏在時光長廊的呢喃，真心書寫的文字，不用對方解密猜測，才是為愛書寫最幸福的時光。

〈報任安書〉司馬遷

太史公牛馬走，司馬遷再拜言。

少卿足下：曩者辱賜書，教以慎於接物，推賢進士為務，意氣勤勤懇懇，若望僕不相師，而用俗人之言。僕非敢如是也。僕雖罷駑，亦嘗側聞長者之遺風矣。顧自以為身殘處穢，動而見尤，欲益反損，是以獨鬱悒而無誰語。諺曰：「誰為為之？孰令聽之？」蓋鍾子期死，伯牙終身不復鼓琴。何則？士為知己者用，女為悅己者容。若僕大質已虧缺矣，雖才懷隨和，行若由夷，終不可以為榮，適足以發笑而自點耳。

書辭宜答，會東從上來，又迫賤事，相見日淺，卒卒無須臾之間，得竭指意。今少卿抱不測之罪，涉旬月，迫季冬，僕又薄從上雍，恐卒然不可諱。是僕終已不得舒憤懣以曉左右，則長逝者魂魄私恨無窮。請略陳固陋。闕然久不報，幸勿過。

僕聞之：修身者，智之符也；愛施者，仁之端也；取與者，義之表也；恥辱者，勇之決也；立名者，行之極也。士有此五者，然後可以託於世，列於君子之林矣。故禍莫憯於欲利，悲莫痛於傷心，行莫醜於辱先，而詬莫大於宮刑。刑餘之人，無所比數，非一世也，所從來遠矣。昔衛靈公與雍渠同載，孔子適陳；商鞅因景監見，趙良寒心；同子參乘，爰絲變色：自古而恥之。夫以中材之人，事有關於宦豎，莫不傷氣，而況忼慨之士乎！如今朝雖乏人，奈何令刀鋸之餘薦天下豪雋哉！僕賴先人緒業，得待罪輦轂下，二十餘年矣。所以自惟：上之，不能納忠效信，有奇策材力之譽，自結明主；次之，又不能拾遺補闕，招賢進能，顯岩穴之士；外之，不能備行伍，攻城野戰，有斬將搴旗之功；下之，不能累日積勞，取尊官厚祿，以為宗族交遊光寵。四者無一遂，苟合取容，無所短長之效，可見於此矣。鄉者，僕亦嘗廁下大夫之列，陪外廷末議。不以此時引維綱，盡思慮，今已虧形為掃除之隸，在闒茸之中，乃欲卬首信眉，論列是非，不亦輕朝廷，羞當世之士邪！嗟乎！嗟乎！如僕，尚何言哉！尚何言哉！

且事本末未易明也。僕少負不羈之才，長無鄉曲之譽，主上幸以先人之故，使得奉薄伎，出入周衛之中。僕以為戴盆何以望天，故絕賓客之知，忘室家之業，日夜思竭其不肖之材力，務一心營職，以求親媚於主上。而事乃有大謬不然者。夫僕與李陵俱居門下，素非相善也，趣舍異路，未嘗銜杯酒接殷勤之歡。然僕觀其為人，自守奇士，事親孝，與士信，臨財廉，取予義，分別有讓，恭儉下人，常思奮不顧身以徇國家之急。其素所畜積也，僕以為有國士之風。夫人臣出萬死不顧一生之計，赴公家之難，斯已奇矣。今舉事一不當，而全軀保妻子之臣隨而媒孽其短，僕誠私心痛之。且李陵提步卒不滿五千，深踐戎馬之地，足曆王庭，垂餌虎口，橫挑強胡，卬億萬之師，與單于連戰十餘日，所殺過當。虜救死扶傷不給，旃裘之君長咸震怖，乃悉徵左右賢王，舉引弓之民，一國共攻而圍之。轉鬥千里，矢盡道窮，救兵不至，士卒死傷如積。然李陵一呼勞軍，士無不起，躬自流涕，沫血飲泣，張空弮，冒白刃，北嚮爭死敵者。陵未沒時，使有來報，漢公卿王侯皆奉觴上壽。後數日，陵敗書聞，主上為之食不甘味，聽朝不怡。大臣憂懼，不知所出。僕竊不自料其卑賤，見主上慘淒怛悼，誠欲效其款款之愚，以為李陵素與士大夫絕甘分少，能得人之死力，雖古名將不過也。身雖陷敗彼，彼觀其意，且欲得其當而報漢。事已無可奈何，其所摧敗，功亦足以暴於天下矣。僕懷欲陳之，而未有路。適會召問，即以此指推言陵之功，欲以廣主上之意，塞睚眥之辭。未能盡明，明主不深曉，以為僕沮貳師，而為李陵遊說，遂下於理。拳拳之忠，終不能自列。因為誣上，卒從吏議。家貧，財賂不足以自贖，交遊莫救，左右親近不為一言。身非木石，獨與法吏為伍，深幽囹圄之中，誰可告愬者！此正少卿所親見，僕行事豈不然邪？李陵既生降，隤其家聲，而僕又佴之蠶室，重為天下觀笑。悲夫！悲夫！事未易一二為俗人言也。

事未易一二為俗人言也。僕之先人，非有剖符丹書之功，文史星曆近乎卜祝之間，固主上所戲弄，倡優畜之，流俗之所輕也。假令僕伏法受誅，若九牛亡一毛，與螻蟻何異？而世又不與能死節者比，特以為智窮罪極，不能自免，卒就死耳。何也？素所自樹立使然。人固有一死，死有重於泰山，或輕於鴻毛，用之所趨異也。太上不辱先，其次不辱身，其次不辱理色，其次不辱辭令，其次詘體受辱，其次易服受辱，其次關木索被箠楚受辱，其次鬄毛髮嬰金鐵受辱，其次毀肌膚斷肢體受辱，最下腐刑，極矣。傳曰「刑不上大夫」，此言士節不可不厲也。猛虎處深山，百獸震恐，及其在阱檻之中，搖尾而求食，積威約之漸也。故士有畫地為牢勢不入，削木為吏議不對，定計於鮮也。今交手足，受木索，暴肌膚，受榜箠，幽於圜牆之中，當此之時，見獄吏則頭搶地，視徒隸則心惕息。何者？積威約之勢也。及已至此，言不辱者，所謂強顏耳，曷足貴乎！且西伯，伯也，拘於羑里；李斯，相也，具於五刑；淮陰，王也，受械于陳；彭越、張敖，南鄉稱孤，繫獄具罪；絳侯誅諸呂，權傾五伯，囚于請室；魏其，大將也，衣赭衣，關三木；季布為朱家鉗奴；灌夫受辱居室。此人皆身至王侯將相，聲聞鄰國，及罪至罔加，不能引決自裁。在塵埃之中，古今一體，安在其不辱也！由此言之，勇怯，勢也；強弱，形也。審矣，曷足怪乎？且人不能蚤自裁繩墨之外，以稍陵夷至於鞭箠之間，乃欲引節，斯不亦遠乎！古人所以重施刑於大夫者，殆為此也。夫人情莫不貪生惡死，念親戚，顧妻子，至激于義理者不然，乃有不得已也。今僕不幸，蚤失二親，無兄弟之親，獨身孤立，少卿視僕於妻子何如哉？且勇者不必死節，怯夫慕義，何處不勉焉！僕雖怯懦欲苟活，亦頗識去就之分矣，何至自沈溺縲紲之辱哉！且夫臧獲婢妾猶能引決，況若僕之不得已乎！所以隱忍苟活，函糞土之中而不辭者，恨私心有所不盡，鄙沒世而文采不表於後也。

古者富貴而名摩滅，不可勝記，唯俶儻非常之人稱焉。蓋西伯拘而演《周易》；仲尼厄而作《春秋》；屈原放逐，乃賦《離騷》；左丘失明，厥有《國語》；孫子臏腳，《兵法》修列；不韋遷蜀，世傳《呂覽》；韓非囚秦，〈說難〉、〈孤憤〉。《詩》三百篇，大氐賢聖發憤之所為作也。此人皆意有所鬱結，不得通其道，故述往事，思來者。及如左丘明無目，孫子斷足，終不可用，退論書策以舒其憤，思垂空文以自見。僕竊不遜，近自托於無能之辭，網羅天下放失舊聞，考之行事，綜其終始，稽其成敗興壞之理，上計軒轅，下至於茲，為十表，本紀十二，書八章，世家三十，列傳七十，凡百三十篇，亦欲以究天人之際，通古今之變，成一家之言。草創未就，適會此禍，惜其不成，是以就極刑而無慍色。僕誠已著此書，藏諸名山，傳之其人，通邑大都，則僕償前辱之責，雖萬被戮，豈有悔哉！然此可為智者道，難為俗人言也。

且負下未易居，下流多謗議。僕以口語遇遭此禍，重為鄉黨戮笑，汙辱先人，亦何面目復上父母之丘墓乎？雖累百世，垢彌甚耳！是以腸一日而九回，居則忽忽若有所亡，出則不知其所往。每念斯恥，汗未嘗不發背沾衣也。身直為閨閤之臣，寧得自引深藏於岩穴邪！故且從俗浮沈，與時俯仰，以通其狂惑。今少卿乃教以推賢進士，無乃與僕之私心剌謬乎？今雖欲自雕瑑，曼辭以自解，無益，於俗不信，只取辱耳。要之，死日然後是非乃定。書不能盡意，故略陳固陋。謹再拜。

請不要「關」我媽媽

「老師，一想到能離開爸媽到遙遠的高雄讀書，脫離靠爸媽寶生活，就超級開心的。」男孩這種心情彎像「城中的人想出去，城外的人想衝進來」的心情，等到他真正嘗到獨在異鄉為異客，每逢佳節倍思親的鄉愁時，或許就能明白：宇文護與母親分離萬日之後，可以為了團聚而什麼都不要，那份久別重逢的激動與喜悅，也只有親身經歷過的人才懂得。

毀譽參半的宇文護

回溯歷史長河，亂世梟雄宇文護是個備受爭議的角色，他個性霸氣、長相帥氣，對敵人冷酷到沒朋友，歷史記錄他大逆弒君，冷血無情地接連殺了三個皇帝，卻對愛人多情到沒底線，一生只愛一個人。性格如此難測極端，不只是個讓人又愛又恨的權臣，倘若穿越時空來到現代，應是超會圈粉的冷面總裁。

宇文護（五一三年—五七二年）是邵惠公宇文顥的第三個孩子，母閻姬，代郡武川（今內蒙古武川西）人。從小出生在軍人世家，習武打仗自是常事，母親為他取薩保的字號，寓意菩薩保佑。他志氣高、氣度好，成熟穩重，深受祖父宇文肱的喜愛。

宇文護身流著鮮卑族的血統，就像《周書》說的：寡於學術，對於儒家忠孝仁義的大節，自然沒放在心上。〈閻姬與宇文護書〉提到：宇文護從小對尊師重道無感，在他的世界只有誰強大，誰就能拿到說話權。

時元寶、菩提及汝姑兒賀蘭盛洛，並汝身四人同學。博士姓成，爲人嚴惡，汝等四人謀欲加害。吾共汝叔母等聞之，各捉其兒打之。唯盛洛無母，獨不被打。

意思是：年幼時，你跟元寶、菩提加上姑姑的兒子賀蘭盛洛，你們四個人是同學。老師姓成，為人嚴厲凶惡，你們幾個就商量想要殺害老師。我和你的嬸嬸們聽到消息，各自抓了自己的兒子痛打一頓。只有沒有媽媽的賀蘭盛洛，免受挨打懲罰。

由這段文字敘述可知，宇文護的母親閻姬是位教子甚嚴的人，只可惜，母子緣淺情深，兩人在晉陽錯身離別之後，宇文護有三十五年的時間無法親炙母愛，只能跟著叔父宇文泰從黃沙滾滾的戰場轉到另一個生死殺戮的戰場，讓他在生命重要的抉擇點常常趨向利益，而不是溫情。

生命中兩個重要的女人

北周文帝宇文泰是宇文護的叔父，他對像極自己性格的侄子十分信任，讓他隨之東征北討。宇文泰曾說：「我得胡人之力」，指的就是宇文護的手段、做法都跟他很相像，讓自己身邊多了一個得力的助手。

宇文護也沒讓叔父失望，對內寬和待人、井然有序地做到「內外不嚴而肅」，讓叔父連連稱讚「此兒志度類我」。對外平定四方戰事，屢建赫赫戰功，而歷任都督、征虜將軍、驃騎大將軍等職，他的表現簡直是青出於藍更勝於藍。

宇文泰病逝前，召見宇文護，把他手中的權力移交給宇文護，並把年幼的兒子託孤給他。

冷靜過人、殺敵連眼都不眨一下的宇文護，擔任朝政首輔「天官大冢宰」十五年，最後為何沒有一如預期地走上登基稱帝的路？

這位權傾一時的大男主，迫使西魏恭帝元廓禪位給宇文覺，建立北周。他力求讓北周擺脫鮮卑舊俗，在漢文化的洗禮下，北周吏治清明，百姓生活安定，某種程度上，他弒君穩住政權，是另類的安養生息之道，積蓄國力，讓北周可以跟契丹、北齊分庭抗禮，漸成天下之冠，更為接下來的隋王朝打下堅實基礎。

宇文護確實是野心勃勃、內蘊篡逆之心的人，從他在三年內連殺宇文覺、拓跋廓、宇文毓三帝，如此天理不容的腹黑形象，應當被坐實擢髮難數的罪名，卻又為什麼史論或稗官野史，沒有給他太多負評的貶抑或說法。

或許是，宇文護一生沒有紈絝子弟的浮華虛榮之氣，他事母至孝，秉性寬和，承襲叔父宇文泰艱苦奮鬥卻不篡位的掌權作風，為了避免北周內耗，願意與武帝分享權力。加上，宇文護為母親放棄殺戮征戰，對愛人一往情深，從未再娶，他為了心愛的兩個女人，可以選擇不要江山，也要守護她們生世靜好的盟約，這或許是歷史上少數弒君卻能從谷底翻身的絕少史例。

閻姬家信抵上千軍萬馬

北魏年間，高歡打敗爾朱兆後，掌握了北魏政權。不願意臣服的武川鎮軍人，包括宇文泰、宇文護、楊忠、李虎等人紛紛逃出晉陽。

這些男人離開時走得匆忙，竟把至親家眷留在晉陽內，包括宇文護的母親閻姬。自此，這些家眷就被高歡幽禁起來，也鑄成閻姬與宇文護母子分離長達三十五年。

北周、北齊長期對峙爭戰，北周日漸強大，北齊卻日見削弱。北周武帝保定三年，北周與突厥大破北齊，北齊皇帝大懼，派遣大使談和，為了逆轉頹勢，北齊釋出善意，除歸送幽禁在北齊的北周皇姑及眾親屬外，表面上也同意讓閻姬返周。

北齊把閻姬這個政治籌碼看得頗重要，因此在送還北周皇姑等人後，留著宇文護的母親閻姬，遲遲未能將其歸返。

北齊皇帝請人以宇文護母親名義寫下〈為閻姬與子宇文護書〉，信中文字樸實真摯，直搗人心，描繪了亂世中骨肉分離的無奈縮影。難怪連作家錢鍾書都讚嘆：「北齊無文章，惟〈閻姬與宇文護書〉」一。

一封家書抵上千萬大軍，除了閻姬，史上還真的無人能達成這項停戰求和的艱難使命。

信件開頭就是母親對兒子分離三十多載，撕心裂肺的思念之情：

天地隔塞，子母異所，三十餘年，存亡斷絕，肝腸之痛，不能自勝。

意思是：三十多年了，我們母子各據一方，音訊全無，生死未知，親人相互思念無處可安放，那種肝腸寸斷的痛苦，也是任何人都無法承受的折磨。

接著，閻姬絮說宇文護年幼時的往事，母親對兒子的感情真切，情節真實，讓宇文護走進歷史的時間長廊，在文字的召喚下，悠悠憶起與母親相處的過往：

吾自念十九入汝家，今已八十矣。既逢喪亂，備嘗艱阻。恆冀汝等長成，得見一日安樂，何期罪釁深重，存歿分離。吾凡生汝輩三男三女，今日目下，不睹一人，興言及此，悲纏肌骨。

意思是：自從十九歲嫁到你家，現在已經八十老嫗了。此生遭遇戰亂，備嘗顛沛流離之艱辛，一直希望你們兄弟能長大成人，能過上一天安樂的日子。沒想到前世作孽深重，親人死的死，散的散。我共生下你們三兒三女，眼前連一個兒女也看不見。寫到這裡，只覺得悲涼入骨。

信中字字句句描述一位母親身在異鄉，親人分離的愁苦，無人承歡膝下的痛苦，行筆至此，備感人生悲愴至極。

信中閻姬回敘過往，筆鋒藏情，顛沛流離之際，寫出兩人尋常瑣事，更見母子情深：

汝與吾別之時，年尚幼小，以前家事，或不委曲。昔在武川鎮，生汝兄弟，大者屬鼠，次者屬兔，汝身屬蛇。鮮于修禮起日，吾之闔家大小，先在博陵郡住。相將欲向左人城，行至唐河之北，被定州官軍打敗。汝祖及二叔，時俱戰亡。……汝時年十二，共吾並乘馬隨軍，可不記此事緣由也？

意思是：我和你分別的時候，你的年紀很小。以前家裡的事，可能沒人跟你說過。過去咱們家住在武川鎮，我生你們兄弟時，最大的屬鼠，第二個屬兔，你是屬蛇。鮮于修禮起兵的時候，我們一家老小先在博陵郡居住，接著想轉向河北唐縣，再跟著軍隊走到唐河，最後被定州的官軍打敗了，你爺爺和二叔戰死了……那一年，你十二歲。行軍時和我騎在一匹馬上，你還記得這些事嗎？

接著，閻姬曉之以理，讓宇文護務必把握這個親子重逢的機會，還有要感念北齊王的恩澤：

屬千載之運，逢大齊之德，矜老開恩，許得相見。一聞此言，死猶不朽，況如今者，勢必聚集。

意思是：現在，我們有了千載難逢的運氣，碰上齊國的皇上開恩，准許我們重逢。聽到能有這樣的機會，我就是死了也要實現。更何況，現在再也沒有什麼能夠阻止我們見面了。

信末連用四字句，陳述老嫗離鄉三十五年，一生孤零飄搖之悲憤，也盼兒子能念及母恩，信守停戰的約定，讓母親重返北周，同享天倫之樂：

今日以後，吾之殘命，惟系于汝，爾戴天履地，中有鬼神，勿云冥昧，而可欺負。

從今往後，母親風燭殘年的老命，就全在你的手上了。蒼天大地，萬物鬼神，你不能將祂們當成傻子，更不能欺騙和辜負了祂們的恩威。

宇文護的報母信

北齊王還寄來宇文歡小時候穿的錦袍作為證明，並讓宇文護睹物思人，對遠方的母親牽腸掛肚。過往四處征伐、冷酷無情的宇文護，並非草木之人，收到信後不禁嚎啕大哭！數十年來，自己富貴榮顯，卻不知母親生死，叩問無門、備受煎熬。

一封家書讓他得知念茲在茲的母親安然健在，不只答應停戰的協議，立馬回覆一封情真意切的〈報母書〉，文字中窺見宇文護思母湧躍的親情悸動；幾經波折、家人團聚、悲喜交加的情感，溢於言表、躍然紙上。

〈報母書〉整篇四六對仗，數引《詩經》《尚書》之語，文字工整華美、文采情意飛揚，文字飽含自己不能盡孝報恩之悔、母子流離失所之恨、重聚指日可待之喜，感人肺腑：

區宇分崩，遭遇災禍，違離膝下，三十五年。受形稟氣，皆知母子，誰同薩保，知此不孝……

意思是：國家分崩離析，宇文家族遭受禍難，讓自己離開母親膝下，達三十五年。從外型到內在，大家都知道我們是母子，我卻如此不孝，無法奉養母親。用此句回應閻氏書開篇「天地隔塞，子母異所，三十餘年，存亡斷絕，肝腸之痛，不能自勝」情感上更甚一層，不僅明言三十五年，哽咽自責不孝，可說是「一味情真，字字滴淚」，拳拳之心，多處可見。

他日再相逢

一封家書，讓手刃三代帝王的宇文護回到純淨無瑕的年歲，他彷彿看見自己第一次被母親責罰，淚眼濛濛的自己，他多麼希望再次知道，閻姬是怎樣想像自己的兒子？

曾經，宇文護的心有不可觸碰的痛，戰火紛紛，他與母親像水上浮萍各自飄盪，天涯兩隔。在那個混亂無綱紀的時代，群雄迭起，誰拿下江山，誰就有生殺權。

宇文護離開母親的那年，還是個依戀母愛的青少年。

間隔三十五個寒暑，母子親情空白的頁扉，因為書信而串連起閻姬與宇文護記憶中摯愛的彼此，回憶還是框在歲月最醇美的剎那，那些私密的、親近的、真實的時光，即便遭逢戰爭無情的摧折，一封家書串起萬日追尋的母子情緣，映照兩代人疾行在戰火砲聲裡，不能回頭的無奈與苦澀。

每個夜裡，每家燈火燦爛處，閻姬與宇文護母子間的愛和懸念，怨和不捨，放棄和尋找，在相互虧欠的流光中，痛苦過、思念過，記憶的鞭笞，憶起還會痛嗎？

驀然回首，母子三十五年的闊別，愛的惆悵，不愛的哀愁，從一個人到一個家，甚至一個國，他們都在寫著北周的歷史而不自知。

如果，可以回到從前，他們都希望像一般人，享受親愛的家人在身邊的簡單幸福。原來，歲月靜好、現世安穩，真的要有太平盛世當基本條件，否則，只能陷入「田園寥落干戈後，骨肉流離道路中。」的惆悵。

〈為閻姬與子宇文護書〉佚名

天地隔塞，子母異所，三十餘年，存亡斷絕。肝腸之痛，不能自勝。想汝悲思之懷，復何可處。吾自念十九入汝家，今已八十矣。既逢喪亂，備嘗艱阻，恆冀汝等長成，得見一日安樂，何期罪釁深重，存歿分離。吾凡生汝輩三男三女，今日目下，不睹一人。興言及此，悲纏肌骨。賴皇齊恩恤，差安衰暮。又得汝楊氏姑及汝叔母紇干、汝嫂劉新婦等同居，頗亦自適，但為微有耳疾，大語方聞。行動飲食，幸無多恙。今大齊聖德遠被，特降鴻慈，既許歸吾與汝，又聽先致音耗，積稔長悲，豁然獲展。此乃仁侔造化，將何報德。

汝與吾別之時，年尚幼小，以前家事，或不委曲。昔在武川鎮，生汝兄弟，大者屬鼠，次者屬兔，汝身屬蛇。鮮于修禮起日，吾之闔家大小，先在博陵郡住。相將欲向左人城，行至唐河之北，被定州官軍打敗。汝祖及二叔，時

俱戰亡。汝叔母賀拔及兒元寶，汝叔母紇干及兒菩提，並吾與汝六人，同被擒捉入定州城。未幾間將吾及汝送與元寶掌。賀拔、紇干各別分散。寶掌見汝，云：「我識其祖翁，形狀相似。」時寶掌營在唐城內。經停三日，寶掌所掠得男夫、婦女可六七十人，悉送向京。吾時與汝同被送限。至定州城南，夜宿同鄉人姬庫根家。茹茹奴望見鮮于修禮營火，語吾云：「我今走向至本軍。」既至營，遂告吾輩在此。明旦日出，汝叔將兵邀截，吾及汝等，還得向營。汝時年十二，共吾並乘馬隨軍，可不記此事緣由也？

於後吾共汝在受陽住。時元寶、菩提及汝姑兒賀蘭盛洛，並汝身四人同學。博士姓成，為人嚴惡，汝等四人謀欲加害。吾共汝叔母等聞之，各捉其兒打之。唯盛洛無母，獨不被打。其後爾朱天柱亡歲，賀拔阿斗泥在關西，遣人迎家，累時，汝叔亦遣奴來富迎汝及盛洛等。汝時著緋綾袍、銀裝帶，盛洛著紫織成纈通身袍，黃綾裏，並乘騾同去。盛洛小於汝，汝等三人並呼吾作「阿摩敦」。如此之事，當分明記之耳。今又寄汝小時所著錦袍表一領。至宜檢看，知吾含悲戚多歷年祀。

屬千載之運，逢大齊之德，矜老開恩，許得相見。一聞此言，死猶不朽。況如今者，勢必聚集。禽獸草木，母子相依。吾有何罪，與汝分離。今復何福，還望見汝。言此悲喜，死而更蘇。世間所有，求皆可得。母子異國，何處可求。假汝位極王公，富過山海，有一老母，八十之年，飄然千里，死亡旦夕，不得一朝暫見，不得一日同處，寒不得汝衣，飢不得汝食，汝雖窮榮極盛，光耀世間，汝何用為？於吾何益？吾今日之前，汝既不得申其供食，事往何論。今日以後，吾之殘命，惟繫於汝。爾戴天履地，中有鬼神，勿云冥昧，而可欺負。

汝楊氏姑，今雖炎暑，猶能先發。關河阻遠，隔絕多年，書依常體，慮汝致惑。是以每存款質，兼亦載吾姓名。當識此理，不以為怪。

寫信回家就是要錢？

「老師，如果上了大學，還傳LINE和爸媽要錢，會不會被父母已讀不回，或是被貼個暴走的圖案呀？」男孩俏皮地說。

這個表情讓我想到：史上最早的家書談的不是家族的立世之道，不是父慈子孝的家訓，不是超越古今的教育觀，而是戰地兩兄弟，各以一封家書，向家中報平安且要衣、要錢的信息。

試想，穿越古今，回到兩千年前的古戰場：鼓聲隆隆震撼天地，兩軍戰馬相互廝殺的剎那，一片木牘家書從戰場橫空朝家飛奔，生死保衛戰與家書之間，傳遞的一聲問候，是戰士想家欲歸的心，是塵煙未能湮沒的想家之情，千年家書留下的一份真情，還原凝結在歷史戰場上的肅殺與蒼涼，征夫反戰思鄉的情思流轉在達達馬蹄聲裡。

史上第一位啃老族

西元一九七五年湖北省雲夢縣，看似不起眼的四號墓坑，考古學家在平民「衷」的墓裡，找到兩片陪葬的木牘家書，推測此為史上最早的家書：

> 黑夫等直佐淮陽，攻反城久，傷未可知也。

意思是：黑夫和驚旋即要投入淮陽攻城之戰，這一戰，不知道還要持續多久？沒有人能預料自己是生、是死，下場如何？

平鋪直敘的文字，真實呈現戰爭生活的殘酷無情。

這封中國最早也最火的戰地家書是黑夫和驚這對兄弟寫給家人的信，收信的哥哥把最早的家書當成陪葬品來看，寓意兄弟三人到了另一個世界，憑藉這封家信可以相認，不再分離。足見兄弟感情的珍貴。

代表黑夫心聲的十一號木牘：

> 遺黑夫錢，母操夏衣來。今書即到，母視安陸絲布賤，可以爲禪裙襦者，母必爲之，令與錢偕來。其絲布貴，徒操錢來，黑夫自以布此。

意思是：黑夫寫信是向你們要錢啊，媽媽趕緊給我做夏天的衣服並寄送過來吧。收到信的時候，媽媽比較一下安陸絲布貴不貴，不貴的話，一定要給我做整套夏衣，和錢一起帶過來；要是絲布太貴，那就只多送點錢就行了，我就在這裡自行買布做衣服。

同封信再提及：「願母遺黑夫用勿少。」意思是：希望媽媽不要少給黑夫錢呀。

再看代表驚心情的六號木牘：

錢衣，願母幸遣錢五、六百，布謹善者毋下二丈五尺。

意思是：錢和衣服部分，希望母親寄五六百來，布挑好的，不要少於二丈五尺。

原來，不只是現代子女寫給父母的家書是以「爸媽我要錢」為主梗，從湖北古墓出土的十一號（屬於黑夫）與六號（屬於驚）木牘比對，最早的戰地書信傳達的訊息也是：給我錢，其餘免談。

出征男子，馬前之卒，九死一生，為何還是要向家人要錢呢？從史料推測：在馬革裹屍的戰地，兩兄弟十萬火急地向家裡索取錢財，此舉真的不合常理，尤在驚在六號木牘透出端倪：

用垣柏錢矣，室弗遺，即死矣。急急急。

意思是：自己向垣柏所借的錢已用罄，需家人立即紓困，家人再不寄錢來給他，就要「急」出人命來了。

參照史獻，約公元前二二三年，秦國為一統天下，大將軍王翦領秦軍六十萬南下，與楚國進行兩年的浴血之戰，黑夫和驚兩兄弟正是淮陽之戰的秦國士兵。

黑夫和驚向家中要錢和要衣，絕非貪得無厭，而是秦軍此時很可能沒有軍餉，士兵的日常開銷和衣服都要由家中負擔。前線奮勇殺敵，後線生產供資，舉國因戰爭顛沛流離、膽戰心驚，從木牘只能讀出表面意義，卻無法讀出征夫內心箇中的辛酸滋味。

家書抵萬金的價值

杜甫的〈春望〉：「烽火連三月，家書抵萬金。」說出一封家書讓生離死別的苦痛沉澱下來了，讓勇敢活下去變成一個彷彿若有光的希望。

親情和鄉愁雜揉於溫熱的字跡筆墨，見字如晤，馥郁濃厚的親情，流瀉於眼前，家族陳年的記憶，躍然紙上，書寫者在案前語句斟酌，美麗情釀的字字千金，句句感召，落筆情真。

對征戰沙場的士兵而言，能收到一封家書的信息就是上天莫大的慈悲。兵馬倥傯的時代，軍隊常是不讓士兵寫信報平安的，一是害怕洩露戰機，二是朝廷也無人能做遞送信件的服務。這些看來簡單的流水帳，卻是讓分隔兩地，飽受戰火襲擊的家人，能吃得下睡得著的奇異恩典。

二月辛巳，黑夫、驚敢再拜問中，母毋恙也？黑夫、驚毋恙也。前日黑夫與驚別，今復會矣。

意思是：寫信的時間是在二月辛巳（約公元前二二三年二月五號，農曆二月十八日）黑夫和驚一如往常，先恭祝大哥安好，詢問母親身體是否無恙，回報兩人在戰地狀況算是安順，前幾天因為軍務關係，兩人短暫離散，所幸能在今日重逢。兄弟兩人的家書無一句「我愛你」，卻情意甚濃厚；無一語「我想

你」，卻字字惦念藏思，戰地家書傳遞「人生不相見，動如參與商；今夕是何夕？共此燈燭光」的嗟嘆。

透過戰地書信，家人互刷「存在感」，減輕音訊杳然、生死未卜的忐忑，也對團聚抱持樂觀的企盼，一如明代的袁凱所書：「江水三千里，家書十五行。行行無別語，只道早還鄉」，信件的內容通常不是重點，而是互報平安，期待早日相逢，才是家書想要達到的終極目標。

戰地書信匆匆擬就，看似毫無文學價值，仔細觀之，文字背後隱隱流露樸實無華、真誠易懂的生活情感，是接壤地氣、奔流四方的家常溫度，所有古往今來的戰地家書彙集在一起，力透紙背的，都是同樣的語言：反戰。史上最早的家書以手寫的溫度，傳遞征夫的忐忑不安、真誠探問，湧上心頭的，亦是世事無常、戰爭無情的辛酸血淚。

為愛書寫

若不是兩千多年前，質樸率真的戰地有情書，再次提醒著我們：有多久沒與家人好好說話了？有多久沒與家人共進晚餐了？有多久沒有好好陪家人散一段長長的步了？有多久沒有好好為家人用心寫信了？

時代變了，提筆寫信看來是緩不濟急的傻事，只要打開LINE，按下信息，快速而迅捷，還期待一封信能扭轉奇蹟？

認真回望：家書所言皆是尋常的瑣事，文字內蘊以時間與關懷醞釀過的情分，血濃於水，無法切割的相親相愛，藏諸於文字之間。

戰地鐘響，每封家書承載的是一個家庭的生活縮影，亦是一個時代的文化情懷。一封抵萬金的家書，喚醒我們對所愛之人，以手溫傳遞心意的初心，一如余光中說的：「小時候，鄉愁是一枚小小的郵票，我在這頭，母親在那頭。」遊子思鄉的情懷，若以愛蘸墨，以情行草，每封信皆能穿越時空，找到家書的真正價值。人生天地間，若白駒之過隙，忽然而已，一封溫暖的書信，幾字情深的字句，溫燦一顆瀕臨崩潰的心，挽救一個絕望的生命，重燃意志，抗戰殺敵，為未知的明日留一盞微光。

千年手溫，傳遞千年之情，跨越時空，讓我們從一封家書開始，走出戰地家書隆隆炮火，尋回家人有情的彷若有光，只要為愛書寫的姿勢還在，幸福青鳥就在身邊。

詩文欣賞

最早的家書六號木牘的下部已經殘缺，現長十六厘米，寬二點八厘米，厚零點三厘米。木牘正面有墨書秦隸五行。驚在信中寫道：

驚敢大心問衷，母得毋恙也？家室外內同……以衷，母力毋恙也？與從軍，與黑夫居，皆毋恙也。……錢衣，願母幸遣錢五、六百，布謹善者毋下二丈五尺。……用垣柏錢矣，室弗遣，即死矣。急急急。驚多問新負，嬃皆得毋恙也？新負勉力視瞻二老……

背面也有墨書秦隸五行。驚說：

驚遠家故，衷教詔嬃，令毋敢遠就取新（薪），衷令……聞新地城多空不實者，且令故民有不從令者實……為驚祠祀，若大發（廢）毀，以驚居反城中故。驚敢大心問姑秭（姐），姑姊子產得毋恙……？新地入盜，衷唯毋方行新

地，急急急。

十一號木牘保存完好，長二十三點四厘米，寬三點七厘米，厚零點二五厘米。木牘正面同樣有墨書秦隸五行：

二月辛巳，黑夫、驚敢再拜問中（衷），母毋恙也？黑夫、驚毋恙也。前日黑夫與驚別，今復會矣。黑夫寄益就書曰：遺黑夫錢，母操夏衣來。今書節（即）到，母視安陸絲布賤，可以為禪裙襦者，母必為之，令與錢偕來。其絲布貴，徒操（以）錢來，黑夫自以布此。黑夫等直佐淮陽，攻反城久，傷未可知（智）也，願母遺黑夫用勿少。書到皆為報，報必言相家爵來未來，告黑夫其未來狀。聞王得苟得。

木牘背面有墨書秦隸六行，但有一處被墨染黑，文字模糊不清，從殘存文字來看，為驚與黑夫詢問一些家中事宜，與六號木牘所述承接。

毋恙也？辭相家爵不也？書衣之南軍毋……不也？為黑夫、驚多問姑姊、康樂孝須（嫛）故尤長姑外內（？）……為黑夫、驚多問東室季須（嫛）苟得毋恙也？為黑夫、驚多問嬰記季事可（何）如？定不定？為黑夫、驚多問夕陽呂嬰、匾里閻諍丈人得毋恙……矣。驚多問新負（婦）、妴（婉）得毋恙也？新負勉力視瞻丈人，毋與……勉力也。

明朝最火的叛逆一哥

「老師，父母只在意我的成績是否達標，他們只看到成績數字代表的意義，學習不只是看結果，過程不是也很重要嗎？大人是不是都是玩假的、說假的？只要成績不好，考不上好學校就是人生魯蛇。」男孩的臉龐寫滿了沮喪，讓我聽了有些心疼。

「學習並不是功利的，一如保羅．塔夫在《幫助每一個孩子成功》說的：營造學習環境歸屬感、安全感，面對逆境，培養恆毅力，讓孩子保有樂觀、好奇心，能自我覺察、自我控制的非認知能力，就能幫助孩子成功。你願意思考自己的困境，願意找人討論，真誠與別人溝通，就是EQ很高的孩子，也是成長性思維的人，不怕挫折，願意接受挑戰，你要堅持下去做自己呀！」我拍拍學生的肩膀，想起明代陸王心學之集大成的王守仁，他不只跳脫在格物學的學習弱勢，還自創心學，他的「陽明學」甚至影響力擴展到日本、朝鮮半島。

總是問為什麼的狂妄少年

王陽明即王守仁（一四七二年十月三十一日—一五二九年一月九日），字伯安，號陽明子，諡文成，浙江餘姚縣（今浙江省寧波餘姚市）人，是明代著名思想家、哲學家、書法家、軍事家、教育家。他不但精通儒、釋、道三教，還統軍征戰，勢如破竹，允文允武，是位全能碩彥。

所有史書記載都說他自小「豪邁不羈」，從不循規蹈矩。十二歲的王陽明對世界充滿各種好奇與疑問，每天都用「為什麼？」轟炸大人，有次在課堂上他就舉手問老師：「人生何謂第一等事？」

老師回答：「讀書登第是也。」

王陽明鎮定地提問：「恐怕未必是讀書登第。」

先生反問：「那你覺得什麼是人生第一等事？」

王陽明斬釘截鐵地說：「做聖賢！」

王陽明這番話把老師考倒，也樹立一個叛逆少年的狂人形象。「做聖賢」的確是讀書人的第一等事，但是在王陽明之前，能做到「立德、立功、立言」三不朽的聖人，只有一個孔子。這種夸父追日的大夢，印證王陽明是個求知慾旺盛的少年，未來將是傳承孔子聖賢說的第二人。

逆境中成長

十七歲的王守仁準備成家，成婚當日卻不見蹤影，原來他與道士坐而論道，忘了大喜之事，隔日被岳父叫回，成為奇談。

在明代，朱熹《四書集注》是科舉考試的指定教材，思想被時人當成天下真理。想做聖賢的王陽明當然信仰朱熹之學。朱熹的「格物窮理」說的是：世間萬事萬物，理無處不在，要理會理，就必須「格」。「格」就是推究，朱熹給的終極實踐法是今日格一物，明日又格一物，就能豁然貫通，終知天理。

一四八九年，王守仁帶著夫人返回浙江。在路上拜謁婁諒，談到「格物致知」理論，開啟他研究朱子理學的興致。

王陽明走進朱熹的格物說的世界，他沒天沒夜的「格」，還到竹林裡格了七天七夜，一無所獲，大病一場。認真格物的他，不只沒有格出成績來，還對「格物」之學產生質疑，慢慢地，他喪失追求聖賢說的熱情，走向任俠、騎射、詞章、神仙、佛事的世界，過著自己的小日子，不再管「格」是何物。

苦難，是對一個人最好的磨礪，多次名落孫山的王陽明，終於在二十八歲考上進士，開始邁向多采多姿的仕途人生，生活平順安穩。直到一五〇六年，王陽明因反對宦官劉瑾，被廷杖四十，因罪貶到萬山叢薄，苗、僚雜居的貴州龍場，去當驛丞。身處瘴癘之氣瀰漫的龍場，讓王陽明絕望到鑿一副石槨，日夜澄默端坐其中，自誓：「吾惟俟命而已」！所謂放下即道場，在某個夜深人靜的剎那，他理解了心是感應萬事萬物的根本，心即理才是聖人之道，史稱「龍場悟道」。

王陽明強調心就是理，人要知，更要行，知中有行，行中有知，知必然要表現為行，不行則不能算真知，推出影響後世甚深的「知行合一」論並強調「良知者，心之本體」，「致良知」意思是做事不摻雜私意私心，公正公平，還原事物本來的面貌，也是對善的實踐。

善用書信凱旋而歸

西元一五一九年，寧王朱宸濠舉兵叛亂。原本，江西、福建、湖南、廣東四省邊境，一直有擾民頑寇騷擾民安，擔任巡撫的王陽明，剿平廣西土酋，開拓南疆，綏靖邊陲。一代心學大師又如何跨界展長才，成為叱吒戰場、屢立戰功的傑出軍事家？

史書提到：王陽明用兵「詭異」、獨斷，素有「狡詐專兵」之名。寧王圖謀造反十年，王陽明三十五天就能一舉剿滅，靠的仍是自己擅長的心學，尤其，他用三封信創造奇蹟，完成剿匪的不可能任務。

初期，王陽明雖有旗牌（兵符），卻無兵可用。他知道朱宸濠造反將有三種策略可使：出其不意直取京師，此上策。攻下南京，再對決北京，此中策。蹲在南昌不動，此下策。

危急存亡之秋，王陽明的「君子鬥智不鬥力」，他決定發動「心戰」，逼迫朱宸濠實施下策。

王陽明以三封書信、一場調虎離山計，解決危及社稷的叛亂。在寫第一封信前，先放假消息，用了疑兵之計，假傳檄文到各地，並在南昌張貼假檄迷惑寧王，聲稱朝廷派邊兵和京兵八萬人，會同自己的部隊共十六萬人，準備進攻寧王的老巢南昌。接著，王陽明找來幾個戲子扮成士兵，把假造寫給皇帝的密函信件，用計故意讓內線看見。

寧王截獲此信，看見戲子衣服內層信件寫著：「已從兩廣和福建調兵十六萬，不日進攻南昌。」善用這樣的文字誆騙朱宸濠的思考，讓他心生疑慮，最後，決定在南昌按兵不動。

王陽明靠著第一封信，手不血刃輕鬆贏得第一關。

第二封信是王陽明寫信給朱宸濠的謀士，要讓他們勸寧王：「迅速離開南昌、去攻南京，配合我偷襲南昌。」宸濠看到這封信，遂懷疑謀士通敵，心生大疑，知道王陽明謹慎多詐，不接受他們進攻南京的建議，繼續按兵不動。

十幾天後，等朱宸濠醒悟過來，王陽明已集兵七八萬，蓄勢待發，寧王自

知上當，立即率精銳大軍直逼安慶，王陽明避實就虛，率兵攻打南昌，為收復南昌，寧王決定與王陽明在鄱陽湖決一死戰。戰火一觸即發，關鍵的第三封信就是王陽明下令製作無數個竹牌木板，上面寫著：「宸濠叛逆，罪不容誅。協從人等，有手持此板，棄暗投明者，既往不咎。」然後，把免死竹牌，投到鄱陽湖中，叛軍幾乎人手一塊，軍心思變。最終，寧王精心籌劃三十年的叛亂，一場可危及江山社稷的叛亂，歷時三十五天，在王陽明談笑之間灰飛煙滅。寧王戰敗被俘，仰天長嘆：「好個王守仁，以我家事，何勞費心如此！」寧王兵變宣告結束。

王陽明看似一介書生，卻能在歷史上帶兵有成，贏得勝仗，取決於他強大的內在力量，懂得把握趨勢脈動、借助外部力量，激發個人爆發性的成長。一如古典在《躍遷》書中提到的，成功的人，想得深，見得廣，隨機而動。王陽明憑藉信念，以靜制動，用書信的攻勢將對手一舉擒獲，更是戰局奇招。

識時務、懂進退的智慧

一五二二年王陽明父親王華逝世，他趁機辭官回鄉講學，一邊服喪，一邊在紹興、餘姚兩地創建書院，宣講「王陽明心學」，並在天泉橋留心學四句教法，貫徹儒家大學之道，實現聖賢之教，以達到止於至善的境地。

「無善無惡心之體，有善有惡意之動，知善知惡是良知，為善去惡是格物。」

意思是：心體是道德的根本，價值的源頭，是純粹至善的本心。心意發動時，若是本著天理良知，自然向善，如果受人欲私念的蔽障，就不一定能為善，甚且可能為惡。明辨是非善惡的能力就是順乎天理的良知，是先天的，不假外求的。格物即端正心意所在的事物，務必讓意念皆能純正無邪，產生道德意識的自知自覺，知行合一，窮理致知，躬行實踐。

王陽明心學否定封建倫理道德的框架，他要每個學生根據自己的性情，選擇自己的人生，也就是我們現在談的適性揚才，強調修身養性。一個人的成功不在外顯的成就，在於良好的道德觀，培養善良正直的心性，閒暇時，以閱讀涵養自己，讓人人發揮善良的本性，為善去惡，達到齊家、治國、平天下的大同世界。

「功夫是什麼？就是時間。」王陽明願意從不起眼、最基本的地方反覆練習，每一步路都穩紮穩打，從未躁進求勝，更在人生高峰選擇歸於平淡，循著內在的鼓音，全心全意投入推廣心學的事業。後來，弟子極眾，雲集響應，桃李滿天下，形成姚江學派。甚至，影響日本，如「經營之聖」稻盛和夫、三菱集團創始人岩崎彌太郎、日本國立銀行創始人澀澤榮一、早稻田大學創始人大隈重信都信仰他的匠人精神。

明朝最火的一哥王陽明，從未替自己的角色設限，憑藉一流的技術、一流的人品、一流的精神，走在心學的路上，念念不忘、必有迴響，實現有勇無懼的仁者智慧。

詩文欣賞

〈傳習錄〉

原文節選一：

愛曰：「如事父之孝，事君之忠，交友之信，治民之仁，其間有許多理在，恐亦不可不察。」

先生嘆曰：「此說之蔽久矣，豈一語所能悟。今姑就所問者言之。且如事父，不成去父上求個孝的理；事君，不成去君上求個忠的理；交友、治民，不成去友上、民上求個信與仁的理。都只在此心。心即理也。此心無私慾之蔽，即是天理，不須外面添一分。以此純乎天理之心，發之事父便是孝，發之事君便是忠，發之交友、治民便是信與仁。只在此心去人慾、存天理上用功便是。」

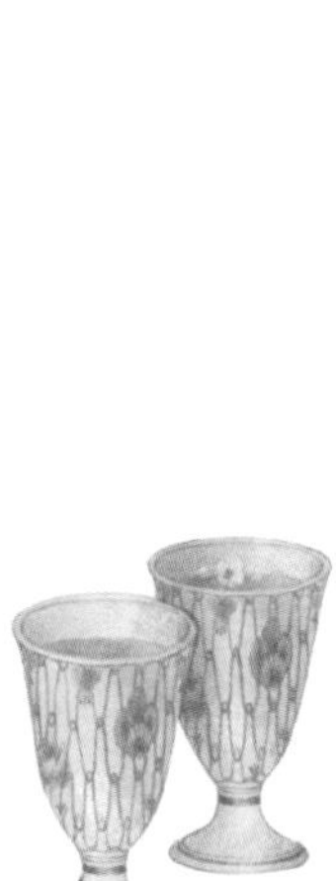

原文節選二：

愛因未會先生知行合一之訓，與宗賢、惟賢往復辯論，未能決。以問於先生。

先生曰：「試舉看。」

愛曰：「如今人盡有知得父當孝、兄當弟者，卻不能孝，卻不能弟。便是知與行分明是兩件。」

先生曰：「此已被私慾隔斷，不是知行的本體了。未有知而不行者。知而不行，只是未知。聖賢教人知行，正是要復那本體。不是著你只恁的便罷。故《大學》指個真知行與人看，說『如好好色』，『如惡惡臭』。見好色屬知，好好色屬行。只見那好色時已自好了，不是見了後又立個心去好。聞惡臭屬知，惡惡臭屬行。只聞那惡臭時已自惡了，不是聞了後別立個心去惡。如鼻塞人雖見惡臭在前，鼻中不曾聞得，便亦不甚惡。亦只是不曾知臭。就如稱某人知孝、某人知弟，必是其人已曾行孝行弟。方可稱他知孝知弟。不成只是曉得說些孝弟的話，便可稱為知孝弟。又如知痛，必已自痛了，方知痛。知寒，必已自寒了。知飢，必已自飢了。知行如何分得開？此便是知行的本體，不曾有私意隔斷的。聖人教人，必要是如此，方可謂之知。不然，只是不曾知。此卻是何等緊切著實的功夫！如今苦苦定要說知行做兩個，是什麼意？某要說做一個，是什麼意？若不知立言宗旨，只管說一個兩個，亦有甚用？」

原文節選三：

先生遊南鎮，一友指岩中花樹問曰：「天下無心外之物。如此花樹，深山中自開自落，於我心亦何相關？」

先生曰：「你未看此花時，此花與汝心同歸於寂。你來看此花時，則此花顏色一時明白起來。便知此花不在你的心外。」

以愛封印

有人說年輕世代是「不服從」的一代，他們自信、獨立、勇於挑戰，即便和我們不一樣，未來依然令人期待。只是，我們常見那些血氣方剛的青少年與父母溝通時，不是有一搭沒一搭地惜字如金，就是突然一言不和，甩頭就走，拒絕再聽，讓做父母的相當頭痛。

古代文人喜歡寫信勸誡子女，不只傳達身為一家之主對晚輩的叮嚀，也展現家風傳世的風格。如，西漢孔臧〈與子琳書〉、東漢馬援〈誡兄子嚴敦書〉、顏延之〈庭誥文〉、明代萬應奎〈誡子書〉等，都是著名家書。藉由這種親子溝通的方式，與孩子分享感情以及做人處事的道理。而兩位中國歷史上赫赫有名的父親以手溫傳情，透過寫信向子女表達自己深厚的情感和期許，令人讀來由衷佩服。

兵

一方家書進行人生提案

諸葛亮（一八一年八月二十七日—二三四年十月八日），字孔明，東漢徐州琅琊陽都人。他是三國蜀漢丞相，也是中國歷史上著名的政治家、軍事家、發明家、文學家。

諸葛亮生平謹慎，從不涉險，鞠躬盡瘁、死而後已，不只道德指數百分百，也在重要的時機，用身教機會教育。他曾在兒子諸葛瞻八歲時寫封誡子書給他，透過家書進行道德品格的傳承，也希望兒子即便身處亂世，浮沉在逆境之中，能找到安身立命的力量。

誡子書傳遞出一位父親對兒子在為學、處事、待人方面的期勉，更是五十四歲諸葛亮留給兒子生命智慧的絕唱：

夫君子之行，靜以修身，儉以養德；非澹泊無以明志，非寧靜無以致遠。夫學須靜也，才須學也；非學無以廣才，非志無以成學。怠慢則不能勵精，險躁則不能治性。年與時馳，意與歲去，遂成枯落，多不接世。悲守窮廬，將復何及！

意思是：身為一個君子，應該要用靜謐專注來修養身心，用節儉寡欲來涵養品德；如果不力守恬淡寡欲的原則，就很難有清明高尚的志向；如果不心存寧靜虛懷的意念，就很難能夠窮極遠大的理想。除非有天賦異稟，否則為學仍要寧靜專注，勉力學習。不精進學習，無法增廣才智；不立定志向，無法成就所學。人如果怠惰，就無法奮力精進；如果性情凶險急躁，就不能成就德行。年華會隨著時光消逝，上進的意志也隨著時光褪去，漸漸一無所成。即便可悲地守著敝陋的屋舍，徒留後悔，一切都來不及了。

諸葛亮歷經戰場人情的淬鍊，明白「觀念決定態度，態度決定行為，行為形成習慣，習慣形成個性，個性決定命運」。因此，運用精練的字句，以簡馭繁地讓兒子明白：唯有寧靜之心能避免急躁，傾聽內在的聲音，陶冶性情；唯有寧靜之心能擁有自省的力量，進行得失的評估，繼續奮起；唯有寧靜之心讓我們走在時間的壓力下，做好學習與擘劃的能量，設定目標、找到使命、努力自持，刻意練習，持續達標，找到人生真正的價值。另外，他提到寡欲節儉的重要，要孩子做好吃苦的準備，唯有意志力堅強的人，可以克服種種艱險的環境，堅持到底。

諸葛亮年過半百，對於時光飛逝、青春如流沙無法緊握，意志力也慢慢消磨的危機，感同身受，希望年幼的兒子做好與時俱進、腳踏實地的準備，居安思危，常保寧靜生活。一方家書，用寫下來的智慧，為孩子的人生進行另類提案，讓他學會斷捨離的功夫，活得更輕鬆；鼓勵他為人生做好計畫，活出亮麗的人生，成為更好的自己。

另類風格家書

晉代文學家陶淵明（約三六五年—四二七年），名淵明，字元亮，一名潛，自號五柳先生。他是潯陽柴桑人，私諡靖節先生（陶徵士誄），以清新自然的詩文著稱於世。陶淵明的詩和辭賦、散文開田園詩一體，為古典詩歌開闢嶄新境界。作品平淡自然，出於真實感受，影響唐詩的創作。如林語堂所言：「陶淵明是整個中國文學傳統上最和諧最完美的人物，他的生活方式和風格是簡樸的，令人敬畏，使那些聰明與諳於世故的人自慚形穢。」

陶淵明在東晉安帝義熙四年（四〇八年），寫過一首五言〈責子詩〉當成家書，但他反其道而行，通篇以口語白話成文，口吻幽默中隱含關愛，蘊含了對兒子「愛之深、責之切」的殷殷企盼。

白髮被兩鬢，肌膚不復實。雖有五男兒，總不好紙筆。阿舒已二八，懶惰故無匹。阿宣行志學，而不愛文術。雍端年十三，不識六與七。通子垂九齡，但念梨與栗。天運茍如此，且進杯中物。

意思是：我兩鬢白髮，肌膚鬆弛不再緊實，雖然養育五個兒子，卻大抵不好讀書。十六歲的大兒子阿舒和十五歲的二兒子阿宣，兩人懶惰成性，不愛讀書；老三阿雍和老四阿端都十三歲了，還不識數字六與七；至於九歲的老五，整天吵著要吃梨與栗等水果，倘若「天意」如此，我還是豁達地去喝酒吧。

有人一開始讀到陶淵明〈責子〉詩，都以為他對於五個兒子不成材感到心灰意冷，故意以數字詩的方式自娛娛人，發發牢騷。事實上，〈責子詩〉是詩人風趣的性格展現，一掃家書的態度嚴謹與諄諄忠告，雖然表面上責備兒子不求上進，與讀書人的氣度相差太遠，但隱藏在冰山以下的情緒是勉勵兒子好學奮進，實現儒家用世的理想，建功立業，成為社會的良才。細細讀來，可以感受到詩人對愛子們的真摯骨肉相親之情，仍是濃郁深刻的。

綜覽陶淵明寫給子女的相關作品，有〈命子〉、〈責子〉、〈與子儼等疏〉等篇，〈命子〉寫於陶儼出生時，仿詩經頌體，細數陶氏先祖功德、祖輩榮光，激勵兒子繼承家風，成為有抱負、有作為的人，也表達他對兒子的期許。

再看〈與子儼等疏〉，寫於陶淵明五十一歲左右，他病體纏身，教導五位已成年的孩子安貧樂道的要訣。文章用詞典雅，援引管仲與鮑叔牙、歸生和伍舉等典故，勸誡兒子們雖同父不同母，也要團結為家、互相扶持。

陶淵明處於仕宦之家，曾祖父是東晉王朝風雲大咖陶侃，他一生在立名或隱逸兩者不同價值的追求之中搖擺不定，不只矛盾，也是糾結。儒家積極事功的思想讓他有「**去去百年外，身名同翳如**」的處之泰然，道家的無為自適亦有「**身沒名亦盡，念之五情熱**」的自我探問。因此，從陶淵明教養孩子的兩封家書之中也能感受到詩人既想讓孩子有所為，卻也不想勉強孩子違逆天賦地成長，若能一生自愛自持，安貧樂道、不問世事，也是一種人生修為與豁達。

父親教養參與度高，孩子更聰明

在過往的傳統家庭中，由父親主導家庭經濟，親密對話的角色屬於母親，然而，從研究中我們發現父親對教養參與度的重要：倘若父親願意接納自己的表現，孩子會更獨立、自信、情感豐沛、EQ高，面對挫折的忍受力也較強，懂得積極向上。

此外，從這兩位管教不同調的古人家書中也可以發現父親愛子惜子的身影：不管是嚴肅以對或是詼諧以待，他們從未忘記自己的角色，也沒少給過孩子關心。寫信展現父親的關心，從修身、持家、立志、為學等面向，與下一代分享自己的人生經驗，傳達堅強、勇敢、續航的力量，消弭說話煩人的嘮叨感。家書成了另一種家人之間的對話，提醒孩子，先做該做的事，再做想做的事。父親在字裡行間的情感，只有用心的你才感受得到其中的溫情至性。

詩文欣賞

〈與子儼等疏〉陶潛

告儼、俟、份、佚、佟：

天地賦命，生必有死，自古賢聖，誰能獨免？子夏有言：「死生有命，富貴在天。」四友之人，親受音旨，發斯談者，將非窮達不可妄求，壽夭永無外請故耶？

吾年過五十，少而窮苦，每以家弊，東西遊走。性剛才拙，與物多忤。自量為己，必貽俗患。僶俛辭世，使汝等幼而飢寒。余嘗感孺仲賢妻之言，敗絮自擁，何慚兒子？此既一事矣。但恨鄰靡二仲，室無萊婦，抱茲苦心，良獨內愧。

少學琴書，偶愛閒靜，開卷有得，便欣然忘食。見樹木交蔭，時鳥變聲，亦復歡然有喜。常言五六月中，北窗下臥，遇涼風暫至，自謂是羲皇上人。意淺識罕，謂斯言可保。日月遂往，機巧好疏。緬求在昔，眇然如何！

疾患以來，漸就衰損，親舊不遺，每以藥石見救，自恐大分將有限也。汝輩稚小家貧，每役柴水之勞，何時可免？念之在心，若何可言！然汝等雖不同生，當思四海皆兄弟之義。鮑叔、管仲，分財無猜；歸生、伍舉，班荊道舊。遂能以敗為成，因喪立功。他人尚爾，況同父之人哉！潁川韓元長，漢末名士，身處卿佐，八十而終，兄弟同居，至於沒齒。濟北氾（ㄈㄢˋ凡）稚春，晉時操行人也，七世同財，家人無怨色。《詩》曰：「高山仰止，景行行止。」雖不能爾，至心尚之。汝其慎哉！吾復何言。

拒絕情緒勒索的陪伴教養

「你是我們家最聰明的人，你怎麼可以不讀書？」

「如果，你違逆媽媽的意思，就是不夠支持媽媽。」

「如果，你不聽媽媽的話，我就是個教養失敗的媽媽。」

孩子的媽媽常常和女孩說這樣的話，讓孩子覺得自己快要窒息了。她不自覺地就回話：「我是我，妳是妳，可以不要綑綁在一起嗎？我又不是妳的複製品。」

然後，女孩的媽媽就崩潰地哭了。

作家侯文詠說過：「乖就能成功、乖就能快樂嗎？華人社會標榜的乖是服從，不聽話就是壞孩子，不乖就是讓父母失望。」

過分要求孩子聽話，往往變成另類的情緒勒索。心理學家蘇珊・佛沃說：

「被勒索者常莫名其妙地被索求要付出，他們感到無助，卻不曉得該怎麼逃脫。」我們在原生家庭受的傷，常常是被迫忍讓、犧牲自己的想法，在恐懼和義務之間，因為罪惡感而屈就。

唐宋兩位文學家的媽媽在說完自己的擔心和看法後，就勇敢地把決定權交還給孩子，尊重他們人生的抉擇。他們願意相信自己的孩子是天才，願意陪在孩子身邊走過風風雨雨，也讓我們窺見古代教練媽媽的神奇教養術。

神奇的母愛練習簿

歐陽脩（一〇〇七年—一〇七二年），字永叔，號醉翁、六一居士，吉州廬陵人。父親歐陽觀，曾做過判官、推官，為吏廉潔、樂善好施。但歐陽修四歲喪父後，生活竟到「房無一間，地無一壟」的地步。母親鄭氏為了生計，帶著歐陽脩前往隨州投靠叔父歐陽曄。

寄人籬下的生活很辛苦，教養重擔全部落在鄭氏身上，因為無錢買紙筆教子學字，母親只能用荻草稈在灰土上教導兒子認字，一筆一畫、反反覆覆練習，她要求歐陽脩寫字要一絲不苟，力求正確，一如待人處事，因而流傳「畫荻教子」的故事。

歐陽脩的母親曾對他說：「吾歸汝家時，極貧，汝父爲吏至廉，又於物無所嗜，惟喜賓客，不計其家有無以具酒食。在綿州三年，他人皆多買蜀物以歸，汝父不營一物，而俸祿待賓客，亦無餘已。罷官，有絹一匹，畫爲《七賢圖》六幅，此七君子，吾所愛也。此外無蜀物。」

意思是：我嫁到你們家時很窮困。你的父親做官特別廉潔，對一切事物均無嗜好，只喜歡交接賓客，從不考慮自己家中有無準備酒飯的錢財。在綿州任職三年，別人買了許多蜀地的物產帶回故鄉，你的父親沒有營購過一件物品，把薪俸都用在接待賓客上，因此就沒有剩餘錢財。任滿離職時，只剩絲絹一匹，用它畫成《七賢圖》六幅，這七位君子都是我所敬重的。除此以外，你父親就沒留下其他的蜀地物產了。

母親教導歐陽脩做人要寬厚、不貪取，做事要有主見，不可妄自菲薄、隨波逐流，就像歐父耿介的一生。

某日，歐陽脩去鄰居家看到有六本唐朝名家韓愈的文集，開心地捧回家中閱讀。從幾本殘卷，讀著讀著，對於韓愈深厚雄博的文字魅力深深著迷，也奠定歐陽脩承襲唐代韓愈、柳宗元，成為宋代倡導古文運動的繼承者及推動者。

天聖七年（一〇二九年）秋天，歐陽脩參加國子監解試，在國子學廣文館試、國學解試均獲第一名，成為監元和解元，第二年禮部省試再獲第一，成為省元，獲得「連中三元」的喜悅。

母親為歐陽脩的成就感到高興，但要求歐陽脩切莫被成功的喜悅沖昏了頭，還是要守住善良的底線，做到為官清正廉明的標準。

歐陽脩的母親曾對他說：「你父親白天辦公，夜晚熬夜翻看公文和案件，只要涉及平民百姓的案宗，他都十分慎重，能夠從輕的，從輕判處；無法從輕的，深表同情，嘆息不止。對於判處死刑的案件，反覆調查、巡查。對於人命關天，為官者是馬虎不得。」

歐陽脩承襲母親的教誨，個性耿直敢言，一生被貶謫過三次，幸得有位明理相挺的母親，無論是否困乏、潦倒，都能即時給予他實質的關懷和勉勵。她說：「吾兒不能苟合於世，儉薄所以居患難也。」

意思是：自己支持兒子不苟且迎合世人，只要生活能儉約些，就能度過那可能會遭受的患難。

後來，歐陽脩被貶夷陵，她與兒子一同遷徙到貶謫的路上，並且對歐陽脩說：「汝家故貧賤也，吾處之有素矣。汝能安之，吾亦安矣。」

意思是，我們家本來就貧賤，我已經習慣這種日子。你能安樂面對困境，我也就能因此而感到安樂了。

母親要兒子堅持正義而被貶職，雖是人生仕途的遺憾，卻也是光采自持的紀錄。

皇祐五年，宋代文學之父歐陽脩的母親以七十三歲的高齡病逝，鄭氏一生勤儉、貞節、安貧樂道，也讓歐陽脩能走自己的路。無論貧寒或富貴，都陪他堅持光明磊落，無論兒子身在哪，母親都全力相挺、開心相隨，她明理的教養堪為現代版的母愛練習簿，讓我們在愛中學會溝通、表達，不給孩子壓力痛苦，而是一生溫暖的支持，讓母愛成為孩子生命的隱形翅膀！

隱形卻密實的母愛絲線

孟郊（七五一年—八一四年），字東野，唐朝湖州武康（今浙江德清）人。父親是崑山縣尉，俸祿微薄，母親親持家務，省吃儉用。窮困的出身，沒有讓孟郊喪志，也沒有限制他洋溢的才情，他所創作的現存詩歌以短篇五言古詩最多，共五百多首。

孟郊出生後，父親就去世。由母親裴氏獨立扶育長大，裴氏努力賺錢，供孟郊讀書。每次赴京考試，母親都會為他一針一線地縫衣，並把衣服縫得密實好穿。孟郊一生考過三次科舉，幾次挫敗的應試經驗，讓他在長安看盡世態炎涼，受盡命運撥弄的他，在困境中極度壓抑自己，面對他人的奚落和冷眼，也讓從小在貧困生活奮鬥的他，變成一個憤青。

孟郊在〈嘆命〉提到：本望文字達，今因文字窮。

詩人內心藏著淒苦之情，總是以淚佐文。一如蘇軾說的，「孟郊詩從肺腑出，出輒愁肺腑。」孟郊生性介直，堅守節操，面對科舉考試不順遂，家中一貧如洗，內心承受的痛苦頗為深長。因而文如其人，雖是感情真摯，古意盎然，卻風格清奇僻苦。

當時，韓愈是公認的文壇領袖，極為推重孟郊的為人。他從不向權貴攀炎附勢，全靠韓愈等義氣相挺的朋友伸援手，才得以登第選官。韓愈曾說：「**孟生江海士，古貌又古心**」，就是極力稱讚身處世風浮豔，孟郊的外表和內心卻兼具古人風度；又說：「**東野動驚俗，天葩吐奇芬**」，再次推崇他秀逸的詩文堪為當代非凡的奇葩。

孟郊的詩陰鬱冷峭，和賈島組成「苦吟詩人二人組」，有人稱他們詩囚，只因他們不斷錘煉詩句，囚禁在詩句的推敲之間，以期達到完美的意境。因此，蘇軾評價他們的詩風為郊寒島瘦。

孟郊飄忽困苦，一生空吟詩，不覺成白頭，長存孝思，卻無力找到反哺父母的生計，不得安頓。孟母看見兒子苦吟的景況，心疼也心焦。她告訴孟郊：「你缺的不是才氣，是運氣；你缺的不是能力，是機會。蹲下身，準備好，再等機會。」母親接受他的抑鬱，鼓勵孟郊再為自己試一次，保留年近半百的老孩子自尊與面子，包容他的膽怯，給他時間與空間療傷，讓孟郊知道自己最大的敵人，不是別人，是每天跟自己朝夕相處的自己。只要能接受世界的不公平、不正義，就能臻於內在的成熟！

四十六歲的孟郊在母親的鼓勵下，願意再為自己奮力一戰。果然，時來運轉，幸福降臨了，進士及第，讓他喜不自勝地寫下〈登科後〉：昔日齷齪不足誇，今朝放蕩思無涯。春風得意馬蹄疾，一日看盡長安花。

意思是：以往在生活的困頓與思想的侷促不安，不值得一提了。今朝金榜題名時，鬱結悶氣已如雲散霧消，有說不出的暢快，真想擁抱大自然。在春花爛漫的長安路上策馬奔馳，今日馬蹄輕盈，不知不覺地把長安的繁花一次閱覽完。

孟郊歷經半生苦寒的困蹇，登科之後，終能榮耀家門，按捺不住的得意與欣喜躍然紙上，成為這首快詩的風情，也留下春風得意、走馬觀（看）花兩個成語讓後人傳唱。

在出任溧陽縣尉時，他親自迎接母親，猛然想起母親在昏暗油燈下為自己縫補衣服的情景。往事歷歷在目，心裡湧上一陣酸楚，揮筆寫下流傳千古的〈遊子吟〉，詩的題注乃「迎母溧上作」，來感謝自己的母親：

慈母手中線，遊子身上衣，臨行密密縫，意恐遲遲歸，誰言寸草心，報得三春暉。

慈祥的母親手裡拿著針線，為遠遊的孩子趕製新衣。臨行前，她把衣服縫得密密實實，擔心孩子此去不知何時回歸。誰能說像小草的孝心，報答春暉般的慈母恩惠？

這首〈遊子吟〉，詩僅六句三十字，讚頌母愛無私奉獻，不加藻飾，平易通俗，雅音不淡，是孟郊自製的樂府詩。從一個母子素樸尋常的生活細節，把抽象的母愛，具體表現出來，情深意濃的母子情份，十分催淚。孟郊活到了半百才知道：原來，苦難是用來磨練自己的心志，感恩母親陪伴他從苦難中走出來。

教養可以不一樣

孟郊的母親與歐陽脩的母親這兩位母親都是獨立照養兒子，讓兒子面對人情冷漠的疏離、父親早逝的遺憾，在母愛的溫暖被撫平，更讓他們有了明確的人生方向。

她們是現代人稱讚的教練媽媽，從不執著要讓孩子成為「優秀的大人」，把主控權還給孩子，讓孩子成為自己生命的主人。

兩位偉大的母親拒絕情感勒索的教養，透過提問、鼓勵、傾聽、同理，引導孩子思考與行動。她們溫柔且堅定的正向教養，讓我們從中學習找到與孩子溝通說話的重要，讓孩子唱自己的歌、跳自己的舞、走自己的路，成為他們人生中暖心的依靠。

〈瀧岡阡表〉歐陽脩

嗚呼！惟我皇考崇公，卜吉於瀧岡之六十年，其子脩始克表於其阡。非敢緩也，蓋有待也。

脩不幸，生四歲而孤。太夫人守節自誓；居窮，自力於衣食，以長以教，俾至於成人。太夫人告之曰：汝父為吏廉，而好施與，喜賓客；其俸祿雖薄，常不使有餘。曰：「毋以是為我累。」故其亡也，無一瓦之覆，一壟之植，以庇而為生；吾何恃而能自守邪？吾於汝父，知其一二，以有待於汝也。自吾為汝家婦，不及事吾姑；然知汝父之能養也。汝孤而幼，吾不能知汝之必有立；然知汝父之必將有後也。吾之始歸也，汝父免於母喪方逾年，歲時祭祀，則必涕泣，曰：「祭而豐，不如養之薄也。」間御酒食，則又涕泣，曰：「昔常不足，而今有餘，其何及也！」吾始一二見之，以為新免於喪適然耳。既而其後

常然，至其終身，未嘗不然。吾雖不及事姑，而以此知汝父之能養也。汝父為吏，嘗夜燭治官書，屢廢而嘆。吾問之，則曰：「此死獄也，我求其生不得爾。」吾曰：「生可求乎？」曰：「求其生而不得，則死者與我皆無恨也；矧求而有得邪，以其有得，則知不求而死者有恨也。夫常求其生，猶失之死，而世常求其死也。」回顧乳者劍汝而立於旁，因指而嘆，曰：「術者謂我歲行在戌將死，使其言然，吾不及見兒之立也，後當以我語告之。」其平居教他子弟，常用此語，吾耳熟焉，故能詳也。其施於外事，吾不能知；其居於家，無所矜飾，而所為如此，是真發於中者邪！嗚呼！其心厚於仁者邪！此吾知汝父之必將有後也。汝其勉之！夫養不必豐，要於孝；利雖不得博於物，要其心之厚於仁。吾不能教汝，此汝父之志也。」脩泣而志之，不敢忘。

先公少孤力學，咸平三年進士及第，為道州判官，泗綿二州推官；又為泰州判官。享年五十有九，葬沙溪之瀧岡。

太夫人姓鄭氏，考諱德儀，世為江南名族。太夫人恭儉仁愛而有禮；初封福昌縣太君，進封樂安、安康、彭城三郡太君。自其家少微時，治其家以儉約，其後常不使過之，曰：「吾兒不能苟合於世，儉薄所以居患難也。」其後修貶夷陵，太夫人言笑自若，曰：「汝家故貧賤也，吾處之有素矣。汝能安之，吾亦安矣。」

自先公之亡二十年，脩始得祿而養。又十有二年，列官於朝，始得贈封其親。又十年，修為龍圖閣直學士，尚書吏部郎中，留守南京，太夫人以疾終於官舍，享年七十有二。又八年，脩以非才入副樞密，遂參政事，又七年而罷。自登二府，天子推恩，褒其三世，蓋自嘉祐以來，逢國大慶，必加寵錫。皇曾祖府君累贈金紫光祿大夫、太師、中書令；曾祖妣累封楚國太夫人。皇祖府君累贈金紫光祿大夫、太師、中書令兼尚書令，祖妣累封吳國太夫人。皇考崇公累贈金紫光祿大夫、太師、中書令兼尚書令。皇妣累封越國太夫人。今上初郊，皇考賜爵為崇國公，太夫人進號魏國。

於是小子脩泣而言曰：「嗚呼！為善無不報，而遲速有時，此理之常也。惟我祖考，積善成德，宜享其隆，雖不克有於其躬，而賜爵受封，顯榮褒大，實有三朝之錫命，是足以表見於後世，而庇賴其子孫矣。」乃列其世譜，具刻於碑，既又載我皇考崇公之遺訓，太夫人之所以教，而有待於脩者，並揭於阡。俾知夫小子脩之德薄能鮮，遭時竊位，而幸全大節，不辱其先者，其來有自。

熙寧三年，歲次庚戌，四月辛酉朔，十有五日乙亥，男推誠、保德、崇仁、翊戴功臣，觀文殿學士，特進行兵部尚書，知青州軍州事，兼管內勸農使，充京東路安撫使，上柱國，樂安郡開國公，食邑四千三百戶，食實封一千二百戶，脩表。

海內外文壇名家、專業教育工作者一致推薦

海外教育工作者推薦

新加坡

陳慧敏　新加坡南華中學華文部主任
陳志銳　新加坡華文教研中心主任

馬來西亞

張永慶　馬來西亞波德申中華中學校長
吳麗琪　馬來西亞巴生濱華中學校長
庄琇鳳　馬來西亞吉華獨立中學校長

香港

鄭淑華　真道書院專業發展主任、
　　　　香港翻轉教學協會副會長
董雅詩　香港創意閱讀教育協會會長
倫雅文　香港閱讀推廣績優推手

作家名人推薦

陳郁如　暢銷作家、東方奇幻小說家
蔡幸珍　台灣兒童繪本作家兒童閱讀推動者
張雅雯　財團法人台灣閱讀文化基金會副執行長
林明進　作家、前建國中學國文教師
陳育萱　詩人、國立彰化高中國文教師
王政忠　作家、南投縣爽文國中教務處主任

蔡正雄　作家、光華國小老師
呂嘉紋　作家、桃園市龍潭區高原國小教師
陳麗雲　作家、前新北市修德國小教師
林彥佑　作家、高雄市林園國小教師
林德俊　專欄作家、霧峰「熊與貓咖啡書房&樸實文創」主人
蘇明進　作家、台中市大元國小教師
顧蕙倩　詩人、銘傳大學中文系助理教授
梁語喬　作家、苗栗縣致民國中國文教師
李貞慧　作家、高雄市後勁國中教師
張道榮　作家、台北市博愛國小教師
范宜如　作家、國立臺灣師範大學國文系教授
陳清圳　作家、雲林縣樟湖生態國中小校長
陳欣希　作家、台灣讀寫教學研究學會理事長
賴以威　作家、國立師範大學數學系教授
宋隆發　翰林版高中、國中國文教科書主編
何元亨　作家、新北市昌隆國小校長
歐陽立中　作家、新北市立丹鳳高中教師

大學教授推薦

陳昭珍　國立臺灣師範大學教務長
許育健　國立臺北教育大學語文與創作學系主任
李正吉　輔仁大學圖資系系主任
陳明柔　靜宜大學圖書館館長、中文系教授
高桂惠　國立政治大學中文系教授
易理玉　國立臺灣師範大學國文系兼任講師
王厚森　國立虎科大通識中心教授
吳毓瑩　國立國立臺北教育大學心理與諮商學系教授
孫劍秋　國立臺北教育大學語文與創作學系教授
侯惠澤　國立台灣科大應用科技研究所科學教育與數位學習組教授
林香伶　東海大學中文系教授
曾萍萍　國立中央大學中國文學系兼任講師
王文仁　國立虎尾科技大學通識中心教授
邱宜文　國立臺北商業大學通識教育中心教授

高國中小校長推薦

古秀菊　新北市海山高中校長
何高志　苗栗縣立大同高中校長
曾慧媚　新北市丹鳳高中校長
柯雅菱　新北市中和高中校長
賴來展　新北市金山高中校長
施雅慧　新北市北大高中校長
林佳慧　私立正心中學校長
張慧媛　新竹市立內湖國中校長
許志瑋　台中市安和國中校長
方麗萍　苗栗縣公館國中校長
陳君武　新北市中山國中校長
邢小萍　台北市永安國小校長
蕭慧吟　新北市集美國小校長
張孟熙　新北市光興國小校長
陳玉桂　新北市立教育局教資科輔導員、候用校長
詹馨儀　台北市中等學校課程與教學協作中心課程督學、候用校長

高中閱讀學校主任推薦

陳琬婷　嘉義縣教育局課程督學
曾碩彥　新北市海山高中教務主任、國文教師
吳錦琇　新北市樹林高中教務主任、國文教師
鍾明媛　聖心女中教務主任、國文教師
謝鳳玲　文華高中學務主任、國文教師
陳惠青　國立新竹高工圖書館主任、國文教師
鄭潔慧　高雄市瑞祥高中圖書館主任
范綺萍　新北市秀峰高中圖書館主任
文士豪　國立建國中學圖書館主任
吳作楫　國立苗栗高中圖書館主任
郭哲志　國立員林高中圖書館主任
朱肇維　新北市北大圖書館主任
胡惠玲　國立中山大學附屬國光高級中學圖書館主任

高中老師推薦

李佩蓉　作家、景美女中國文教師
陳柏洋　作家、新莊高中國文教師
李榮哲　北市建國中學國文教師
李麗敏　台北市立大同高中國文教師
莊嘉玲　北市永春高中國文教師
洪華穗　北市麗山高中國文教師
洪玉娟　北市明倫高中國文教師
李明慈　臺北市中山女高國文教師
黃月銀　臺北市立中山女高國文教師
黃麗禎　國立師大附中國文教師
謝綉華　北市復興高中國文教師
蔣錦繡　新北市立中和高中國文教師
鄭敬儀　新北市國文學科中心種子教師
石惠美　台北市華江高中國文教師
林建邦　復興美工國文教師
劉重佐　雲林縣永年高中國文教師

李育茹　明德高中國文教師
黃韻嫻　國立東石高中國文教師
畢仙蓉　惠文高中國文教師
施佳慧　國立豐原高商國文教師
羅琦強　恆毅高中國文教師
胡麗娜　國立新竹高商國文教師
林芳瑛　國立善化高中國文教師
蘇健倫　桃園市壽山高中歷史教師
龐淑娟　楊梅高中國文教師
孫素貞　明道中學國文教師
簡鈺珣　台中市長億高中國文教師
楊依純　國立善化高中國文教師
余念纁　國立竹山高中國文教師
葉奕緯　彰化縣田中高中數學教師
陳曉芳　國立斗六家商國文教師
呂覲芬　國立家齊高中國文教師

邱照恩　新北市南山高中教師
韓佩錦　國立斗六高中國文教師
曾冠喆　私立薇閣高中國文教師
張青松　北市中正高中國文教師
王怡文　北市萬芳高中國文教師
張高傑　國立旗美高中秘書
楊曉菁　台北市立政大附中國文教師
楊朝淵　台中市立清水高中國文教師
張馨云　國立台南女中國文教師
鄧安琪　新北樟樹實中國文教師
蔡季延　潮州高中國文教師
李明融　台中市沙鹿高工教師
陳盈州　國立善化高中國文教師
呂郁雯　北市百齡高中國文教師
黃琇苓　國立苗栗高中教師
吳勇宏　國立宜蘭高中教師
伍莉玉　國立竹山高中教師
王秀瑛　國立善化高中國文教師

國中閱讀、語文老師推薦

陳筱姍　高雄市國教輔導團專任輔導教師
洪婉真　桃園市東興國中教師
吳方葵　前金國中國文教師
何憶婷　台南市中山國中自然教師、圖推教師
詹淑鈴　北安國中國文教師
林佳微　彰興國中國文教師
陳順興　新莊國中國文教師
林美慧　鳳山市青年國中國文教師
王嘉納　花蓮縣玉東國中創意教師
王禎娸　台中縣北勢國中國文教師
張珍華　苗栗縣維真國中國文教師
溫元廷　新北市汐止國中國文教師
陳政一　澎湖縣文光國中教師
王銘聖　澎湖縣馬公國中教師
郭育良　彰化縣草湖國中教師
劉美娜　台中市崇倫國中教師

陳珮汝　台北市興雅國中國文教師
廖敏村　台北市金華國中教師
吳韻宇　桃園市慈文國中教師
黃浩勳　沙鹿國中國文教師
康佳琳　北市福興國中國文教師
洪宗旻　沙鹿國中圖推教師
趙淑瑩　北市二重國中學務主任、國文教師
何信甫　桃子腳國中小歷史教師
曹新科　清水國中國文教師
蔡宜岑　高雄市立民族國中教務主任
曾期星　新北市蘆洲國中國文教師
張紋怡　桃園市東興國中教師
梁雅晴　基隆市立正濱國民中學國文教師
吳汶汶　台北市立士林國中國文教師
葉怡麟　新北市福和國中國文教師

謝侑真　高雄市岡山國中國文教師
徐美加　雲林縣石榴國中國文教師
張碩玲　雲林縣二崙國中輔導處主任、國文教師
張文銘　台中市光德國中教師
周昉蓉　彰化縣社頭國中國文教師
蔡佩萱　北市仁愛國中國文教師
葉書廷　新北市新埔國中教師、教育部語文輔導團團員
鄒富玫　溪崑國中國文教師
蔡餘宓　台中市居仁國中國文教師
王秀梗　作家、前復興國中國文教師

國小閱讀教師推薦

林曉茹　新北市國教輔導團專任輔導教師
彭仁星　苗栗縣永貞國小教務處主任
宋挺美　八里國小輔導主任、閱讀推動教師
廖姿婷　雲林縣中山國小教師
祝育晟　新北市實踐國小教師
陳孟萍　新竹縣竹中國小教師
廖修緯　新北市崇德國小教師
劉怡伶　台中市宜欣國小教師
劉文尚　雲林縣鎮南國小教師
黃秀精　新北市麗林國小教師
劉怡瑩　臺中市和平區自由國小烏石分校教師
江福祐　新北市板橋國小教師
賴玉倩　北市葫蘆國小教師

林怡辰　彰化原斗國小教師
陳儀娉　新北市昌平國小教師
鄭谷蘭　台北市天母國小教師
洪進益　澎湖縣石泉國小教師
邱士芬　台南市復興國小教師
陳名琪　南投縣中山國民小學教師
郭勝得　台中市後埔國小教師
黃怡嘉　彰化縣民生國小教師

國家圖書館出版品預行編目資料

見字如晤：那些古人書信中最美麗的想念與遇見，
帶領我們跨越千年，重拾未曾遺忘的感動 /
宋怡慧著.
--初版.--臺北市：平安文化. 2018.10
面 ;公分（平安叢書；第612種）
（致知；01）

ISBN 978-986-96782-8-5（平裝）

820.77　　107016119

平安叢書第612種
致知 01
見字如晤
作　　者—宋怡慧
繪　　者—平　安、shutterstock
發 行 人—平　雲
出版發行—平安文化有限公司
台北市敦化北路 120 巷 50 號
電話◎02-27168888
郵撥帳號◎18420815號
皇冠出版社（香港）有限公司
香港上環文咸東街 50 號寶恒商業中心
23 樓 2301-3 室
電話◎ 2529-1778　傳真◎ 2527-0904
總 編 輯—龔橞甄
責任編輯—平　靜
美術設計—嚴昱琳
著作完成日期—2018年6月
初版一刷日期—2018年10月
初版四刷日期—2020年8月
法律顧問—王惠光律師

讀者服務傳真專線◎02-27150507
電腦編號◎570001
ISBN◎978-986-96782-8-5
Printed in Taiwan
本書定價◎新台幣350元/港幣117元